ULLSTEIN

Das Buch

Annie ist völlig verzweifelt: Ihr Mann Alain muß für mehrere Monate geschäftlich verreisen und läßt seine junge Frau allein in Paris zurück. Wie soll sie, die es gewohnt ist, sich immer nur nach den Wünschen und Vorstellungen ihres Mannes zu richten sich dort nur ohne ihn zurechtfinden? Alain übergibt Annie eine Liste mit Anweisungen für die Zeit seiner Abwesenheit. Sie soll sich in die Obhut ihrer Schwägerin Marthe begeben und sich vor allem von der lasterhaften Claudine fernhalten. Doch sosehr sich die tugendhafte Annie bemüht, den Anordnungen ihres strengen Gatten Folge zu leisten – Claudine kreuzt immer wieder ihren Weg und fasziniert sie zunehmend ...
Claudine geht ... ist der letzte Teil der berühmten Claudine-Tetralogie, die Anfang des zwanzigsten Jahrhunderts den literarischen Weltruhm der französischen Skandalschriftstellerin Colette begründete.

Die Autorin

Colette (1873–1954) wurde in Saint-Sauveur-en-Puisaye geboren. Durch Henry Gauthier-Villars, ihren ersten Mann, kam sie nach Paris. Auf sein Drängen hin begann sie zu schreiben und verfaßte unter seinem Namen ihre ersten Bücher, die Claudine-Romane. Nach der Scheidung verursachte Colette unter anderem als freizügige Schauspielerin und Kabarettistin aufsehenerregende Skandale. Früh erkannten Marcel Proust und André Gide ihr außergewöhnliches literarisches Talent, und Jean Cocteau bewunderte ihre Unabhängigkeit, die es ihr erlaubte, »Frau und frei« zugleich zu bleiben. Sie wurde als erste Frau Mitglied der belgischen Akademie und später Präsidentin der Pariser Académie Goncourt.

Von Colette sind in unserem Hause bereits erschienen:

Claudine erwacht
Claudine in Paris
Claudine in der Ehe

Colette

Claudine geht ...

Roman

Aus dem Französischen
von Lida Winiewicz

Ullstein

Besuchen Sie uns im Internet:
www.ullstein-taschenbuch.de

Umwelthinweis:
Dieses Buch wurde auf chlor- und säurefreiem Papier gedruckt.

Ullstein Verlag
Ullstein ist ein Verlag der
Ullstein Buchverlage GmbH.
1. Auflage Juni 2004
Lizenzausgabe mit freundlicher Genehmigung des Paul Zsolnay Verlags, Wien

Titel der französischen Originalausgabe: *Claudine s'en va*
Übersetzung: Lida Winiewicz
Umschlaggestaltung: Thomas Jarzina, Köln
Titelabbildung: akg, Berlin
Gesetzt aus der Goudy
Satz: hanseatenSatz-bremen, Bremen
Druck und Bindearbeiten: Ebner & Spiegel, Ulm
Printed in Germany
ISBN 3-548-25866-2

Er ist fort! Er ist fort! Ständig wiederhole ich diese Worte, horche ihrem Klang nach, schreibe sie nieder, um zu sehen, ob sie wahr sind, ob sie schmerzen. Solange er noch hier war, fühlte ich nicht, daß er scheiden würde. Seine Bewegungen waren knapp und durchdacht, seine Befehle unwiderruflich. »Annie, vergessen Sie nicht ... Gott, wie verloren Sie dreinschauen! Ihr Kummer schmerzt mich mehr als meine Abreise!«

Wirkte ich tatsächlich so verloren? Ich weiß es nicht. Schmerz empfand ich keinen: er war ja noch da.

Er bedauerte mich, und ich erbebte, ängstlich geduckt: hat er recht? Werde ich wirklich so sehr leiden müssen? Das wäre entsetzlich.

Nun, er hat sich nicht getäuscht. Jetzt ist er fort, und ich wage keine Bewegung, getraue mich kaum zu atmen, zu leben. Ein Gatte – dieser Gatte! – sollte seine Frau nicht verlassen ...

Noch zählte ich keine dreizehn Jahre, war er schon Herr und Meister meines Lebens. Welch schöner Meister! Ein rotblonder Junge, weißer als ein Ei, mit leuchtend blauen Augen. Damals lebte ich auf dem Land, bei Großmutter Lajarrisse – meiner gesamten Familie –, und zählte die Tage bis zu den großen Ferien, bis zu dem Morgen, da Großmutter meine grau-weiße klösterliche Kammer betrat (in diesem

Land der brennenden Sommer kalkt man die Wände: so bleiben sie frisch und kühl im grünen Schatten der Jalousien) und sagte: »Alain ist da ... Die Fenster seines Zimmers stehen offen. Die Köchin hat's gesehen, auf dem Heimweg vom Markt.« Ruhig überbrachte sie mir diese Nachricht, ohne zu ahnen, daß ich mich bei ihren Worten unter meiner Decke krümmte und die Knie bis ans Kinn zog ...

O Alain! Als Zwölfjährige liebte ich ihn wie heute, mit verschreckter, verworrener Liebe, ohne Koketterie, ohne List. Alljährlich lebten wir fast vier Monate Seite an Seite (Alain besuchte eine jener Schulen in der Normandie, deren Zöglinge nach englischem Vorbild lange Ferien genossen). Weiß-golden kam er an, fünf oder sechs Sommersprossen unterhalb der blauen Augen, und stieß die Gartentüre auf, als pflanzte er ein Banner auf eine Zitadelle. Ich erwartete ihn in meinem Alltagskleidchen – aus Furcht, er könne es bemerken, wagte ich nicht, mich für ihn zu schmücken – und ließ mich fortführen. Wir lasen, spielten. Er fragte nie nach meiner Meinung, spottete oft, verfügte in einem Ton, der keinen Widerspruch duldete: »Wir tun jetzt das und jenes, geben Sie acht, daß die Leiter nicht umfällt, halten Sie die Schürze auf, ich werde die Äpfel hineinwerfen ...« Er schlang den Arm um meine Schulter und blickte angriffslustig in die Runde, als wollte er sagen: »Versucht nur, sie mir zu nehmen!« Er war sechzehn, ich zwölf.

Mitunter legte ich meine gebräunte Hand auf seinen weißen Arm – noch gestern tat ich es, in stiller Demut, und seufzte: »Wie schwarz ich bin!« Dann entblößte ein stolzes Lächeln seine viereckigen Zähne, und er antwortete: »Sed formosa, liebste Annie!«

Da ist ein Photo aus jener Zeit. Es zeigt mich dunkel, schmal und flächenhaft wie heute, mit kleinem, von der Last schwarzen Haars nach rückwärts gezogenem Haupt, einem Klagemündchen, das zu jammern scheint: »Ich werd's nie wieder tun!«, und lichten blauen Augen, die durch das kerzengerade Gitterwerk langer, niedergeschlagener Wimpern schimmern. So wasserklar scheinen sie, so lächerlich hell im Vergleich zu meiner Gesichtsfarbe, die einem Bermädchen eher anstünde, daß ich ihnen im Spiegel nur ungern begegne. Aber schließlich wußten sie Alain zu gefallen ...

Wir wuchsen heran, wie es sich gehört, ohne Küsse, ohne häßliche Gebärden. Oh! Es ist nicht meine Schuld. Ich hätte »ja« gesagt, wiewohl schweigend. Oft, wenn er mir nahe war und die Abenddämmerung herniedersank, fand ich den Jasminduft zu schwer, zu drückend, atmete mühsam aus beklemmter Brust ...

»Der Jasmin, der Abend, dieser Flaum meiner Haut, den meine Lippen zärtlich streifen, all das bist du ...« Niemals hätte ich so zu sprechen vermocht ... Also senkte ich schweigend die Wimpern über meine allzu hellen Augen, eine Haltung, die ihm so vertraut war, daß er nie, nie das geringste ahnte ... Er ist ebenso aufrecht wie schön.

Als er vierundzwanzig Jahre zählte, erklärte er: »Jetzt werden wir heiraten.« Im gleichen Tonfall hatte er elf Jahre früher gesagt: »Jetzt spielen wir Indianer.«

Er wußte stets, was mir frommte, handelte an meiner Statt. Ohne ihn komme ich mir vor wie ein mechanisches Spielzeug, dessen Schlüssel in Verlust geraten ist ... Wie soll ich nun Recht von Unrecht unterscheiden?

Arme kleine Annie, schwaches, selbstsüchtiges Wesen! Du denkst an ihn und bedauerst dich selbst.

Ich flehte ihn an, hierzubleiben ... oh, in wenigen Worten. Seine stets gezügelte Zuneigung ist jedem Gefühlsausbruch feind.

»Vielleicht ist diese Erbschaft gar nicht so bedeutend ...

Haben wir nicht Geld genug? ... Heißt es nicht, weit in die Ferne schweifen, eines unsicheren Gewinns wegen? Sie könnten doch jemand andern beauftragen, Alain ...« Er zog erstaunt die Brauen in die Höhe: mein linkischer Satz blieb unvollendet. Ich faßte neuen Mut: »Oder aber – Sie nehmen mich mit.«

Ein mitleidiges Lächeln raubte mir die letzte Hoffnung:

»Sie mitnehmen, armes Kind! Zart, wie Sie sind, und so ... so unbegabt zum Reisen, bei aller Liebe sei es gesagt! Wie wollen Sie die Seereise überstehen? Bis Buenos Aires ist es weit! Denken Sie an Ihre Gesundheit, denken Sie – dies Argument wird Sie überzeugen, ich weiß es ... – an die Ungelegenheiten, die Sie mir bereiten könnten!«

Ich senkte die Lider – das ist meine Art, die Welt zu fliehen – und verfluchte im stillen meinen Onkel Etchevarray, diesen Narren, der vor fünfzehn Jahren von der Bildfläche verschwand. Fällt es diesem widerwärtigen Sonderling nicht bei, in einem Land, das niemand kennt, reich zu sterben und Estancias zu hinterlassen, auf denen Stiere gezüchtet werden, »Stiere, die einen Verkaufspreis von 6000 Piastern erzielen, Annie!« Ich habe schon vergessen, wieviel Francs das sind ...

Der Tag seiner Abreise ist noch nicht verdämmert, und schon neige ich mich über das schöne Heft, das er mir schenkte, darin das »Tagebuch seiner Reise« zu führen, und überfliege den »Plan«, den seine entschlossene Fürsorge entwarf:

»Juni. – Besuche bei Madame X., Madame Z., Madame T. (wichtig!).

Ein einziger Besuch bei Renaud und Claudine. Die Boheme-Atmosphäre dieses Hauses ist für eine junge Frau, deren Gatte verreist ist, nicht geeignet.

Tapeziererrechnung begleichen lassen (große Fauteuils im Salon und kanneliertes Bett). Nicht handeln. Die Firma arbeitet auch für unsere Freunde G. Man könnte klatschen.

Annies Sommergarderobe bestellen. Keine Schneiderkostüme, bitte. Lichte, einfache Kleider. Meine liebste Annie möge sich nicht einreden, daß Rot und Orange ihren Teint heller erscheinen lassen.

Jeden Samstag die Bücher der Dienstboten überprüfen. Jules soll nicht vergessen, in meinem Rauchzimmer die Wandbespannung abzunehmen, durchzulüften und nach dem Klopfen in Pfeffer und Tabak zu rollen. Jules ist ein brauchbarer, aber bequemer Diener, der seinen Dienst nachlässig versehen wird, wenn Annie nicht persönlich nach dem Rechten sieht.

Annie wird in den Avenuen spazierengehen und nicht zu viele naturalistische – und andere – Romane lesen.

Die Zeitung ›Gesellschaft‹ benachrichtigen, daß wir am 1. Juli aufs Land fahren. Während der fünf Tage bis zur Abfahrt nach Arriège einen Fiaker mieten.

Meine liebste Annie wird gut daran tun, oft meine Schwester Marthe zu Rate zu ziehen und mit ihr auszugehen. Unter Marthes ein wenig freizügigem Benehmen verbergen sich sowohl klarer Verstand als auch ein stark ausgeprägter Sinn fürs Praktische.«

Er hat an alles gedacht! Und ich? Schäme ich mich nicht – wenigstens einen Herzschlag lang – meiner Unfähigkeit? Doch nein. Im Grund halte ich mich nicht für unfähig. Eher für träge. Alains tätige Wachsamkeit schließt alles ein, befreit mich von jeglicher materieller Sorge. Ich stamme aus dem Süden, dem Land der wohlig-stummen Untätigkeit. Dennoch versuchte ich während unseres ersten Ehejahres, mich zu ändern, trachtete, rege und betriebsam zu werden. Wie rasch dämpfte Alain meinen löblichen Eifer: »Lassen Sie das, Annie? Das verstehen Sie doch nicht ...«

Ich verstehe nichts – außer gehorchen. Das hat er mich gelehrt, das kann, das tue ich mit freudigem Eifer. Gehorchen ist der Sinn meines Lebens.

Alles bestimmt mich dazu: mein biegsamer Hals, meine hängenden Arme, meine überschlanke, nachgiebige Taille, meine Lider, die sich wie von selbst zustimmend über die Augen senken, sogar mein Teint, der einer kleinen Sklavin wohl anstünde. »Kleine Sklavin.« Alain nennt mich zuweilen so, ohne Bosheit natürlich, doch mit kaum merklicher Verachtung für meine braune Haut. Er ist so weiß!

Ja, liebster Stundenplan, der du mich noch während seiner Abwesenheit leitest und belehrst, der du mir sagst, was ich bis zu seinem ersten Brief tun soll, ja, ich werde die Zeitung »Gesellschaft« anrufen, ich werde die Bücher der Dienstboten überprüfen, werde Besuche machen und oft mit Marthe zusammenkommen.

Marthe ist meine Schwägerin, die Schwester Alains. Obzwar mein Gatte ihre Heirat mit einem Romanschriftsteller (der durchaus nicht unbekannt ist) mißbilligt, kann er nicht umhin, ihr eine Art scharfer, sprunghafter Intelligenz, eine instinktive Hellsichtigkeit zuzuerkennen. »Marthe ist geschickt«, sagt er oft, ein Kompliment, dessen wahren Wert ich nicht zu bestimmen vermag.

Jedenfalls bedient sie sich ihres Bruders mit unfehlbarem Geschick, und ich glaube fast, Alain ist sich dessen nicht bewußt. Wie klug verfälscht sie das gewagte Wort, das ihr eben entschlüpfte, wie meisterlich versteht sie es, gefährlichen Gesprächen die harmlosesten Wendungen zu geben! Habe ich meinen Herrn und Meister erzürnt, bleibe ich traurig in meinem Winkel und wage nicht, Vergebung zu erfliehen. Nicht so Marthe: sie lacht ihm ins Gesicht, bewundert überlaut seine letzte Bemerkung, macht einen besonders langweiligen Menschen mit ein paar treffenden Worten rettungslos lächerlich, und auf Alains drohender Stirn glätten sich die Unmutsfalten wie durch Zauber.

Ja, Marthe ist geschickt, auch mit den Händen. Wie oft, während wir plaudern, bestaune ich einen reizenden Hut, ein duftiges Spitzenjabot, die unter ihren Fingern wie von ungefähr erblühen. Marthes Geschmack würde jeder »Ersten« eines großen Modehauses Ehre machen ...

Dabei hat sie beileibe nichts von der Midinette. Marthe ist klein und mollig, schlank, wiewohl geschnürt, sehr beweglich, sehr possierlich, hält sich gerade, trägt den Kopf hoch – ein rotgolden flammendes Haupt (Alains Haare), das der Schein zwingender grauer Augen noch zusätzlich erhellt. Marthe liebt es, ihr Gesicht, das einer Volksaufwieglerin aus dem Jahr 1789 bestens anstünde, auf »Marie Antoinette« herzurichten. Mit Erfolg. Reispuder, Lippenrot, raschelnde Kleider aus blütenbesäter Seide mit spitz angesetztem Oberteil, sehr hohe Stöckel – das sind ihre Requisiten. Claudine (die amüsante Claudine, die ich nicht allzu oft besuchen soll) nennt sie »Barrikadenmarquise«. Diese umstürzlerische Preziöse wußte den Mann zu unterjochen – auch daran erkenne ich das Blut Alains –, den sie nach kurzem Kampf gewann: Léon ist in gewissem Sinne Marthes Annie. In Gedanken nenne ich ihn immer »den armen Léon«. Er ist dunkelhaarig, hübsch, hat regelmäßige Züge, einen kleinen Spitzbart, Mandelaugen, weiches, glattes Haar. Der typische friedfertige Durchschnittsfranzose. Wohl wünschte man seine Züge schärfer, sein Kinn eckiger, den Schwung der Brauen weniger sanft, den Blick der schwarzen Augen herrischer. Léon wirkt – es ist zwar häßlich, das niederzuschreiben – unmännlich. Zumindest behauptet das

Claudine, diese Giftzunge, die ihn eines Tages »Darf's-ein-wenig-mehr-sein-Madame?« taufte. Der Spitzname ist dem armen Léon geblieben, den Marthe als Zinshaus zu betrachten scheint: sie sperrt ihn täglich drei bis vier Stunden in sein Arbeitszimmer. Auf diese Weise, hat sie mir vertraut, liefert er einen Durchschnitt von ein zweidrittel Roman pro Jahr, »das Existenzminimum«.

Ich werde nie begreifen, daß es Frauen gibt, die über genügend Energie, Unternehmungsgeist, täglich aufs neue bewiesene Willenskraft und – Grausamkeit verfügen, ihr Budget auf dem krummen Rücken eines Mannes auszulasten, der schreibt, schreibt und dabei nicht zugrunde geht ... Manchmal tadle ich Marthe, um sie gleich darauf entsetzt zu bewundern.

Angesichts ihrer männlichen Autorität, die sich den fügsamen Léon zu unterwerfen wußte, sagte ich einmal an einem Tag besonderer Kühnheit:

»Marthe – du und dein Mann, ihr seid ein widernatürliches Paar.«

Erst blickte sie mich verblüfft an, dann lachte sie sich halbtot:

»Nein, diese Annie hat Einfälle! Du solltest nie ohne Konversationslexikon ausgehen, mein Kind! Ein Glück, daß dich niemand gehört hat! Bei den jetzigen Gepflogenheiten ...«

Aber Alain ist dennoch fort. Mein Selbstgeschwätz vermag mich nicht länger darüber hinwegzutäuschen ... Was tun? Die Last, allein zu leben, drückt mich nieder ... Soll ich aufs Land fahren, nach Casamène? Dort steht das alte ererbte Haus, das einst Großmutter Lajarrisse gehörte. Dort könnte ich allein sein bis zu seiner Rückkehr, niemanden hören, niemanden sehen ...

Marthe tritt ein, mit steifen, knisternden Röcken, weiten, gezogenen Ärmeln, und fegt meine schönen, lächerlichen Pläne zur Türe hinaus. Rasch verstecke ich mein Heft.

»Ganz allein? Ich geh' zum Schneider. Kommst du mit? Ganz allein in diesem düsteren Zimmer! Die untröstliche Witwe, wie?« Der unzeitige Scherz – vor allem aber ihre große, trotz Rouge, Trianonhütchen und langstieligem Sonnenschirm deutlich ausgeprägte Ähnlichkeit mit ihrem Bruder – erpreßt mir neuerliche Tränen.

»Da haben wir die Bescherung! Annie, du bist die letzte der – Gattinnen! Er kommt zurück, sag' ich dir! Und ich simple, unwürdige Seele bildete mir ein, seine Abwesenheit würde dir (während der ersten Wochen zumindest) ein Gefühl der Ferien, der Freiheit geben ...«

»Der Freiheit ... Oh, Marthe!«

»Was, oh, Marthe?« Sie spaziert durch mein Zimmer, an dem Alains Abreise nicht das geringste geändert hat, und sagt: »Aber es ist wirklich leer hier ...«

Ich trockne meine Augen, ein Unterfangen, das meiner langen, dichten Wimpern wegen immer gewisse Zeit in Anspruch nimmt. Marthe behauptet lachend, ich hätte »Haare an den Augen«.

Meine Schwägerin zeigt mir den Rücken, die Arme auf den Kaminsims gestützt. Sie trägt – ein wenig früh für die Jahreszeit, finde ich – ein blaßbraunes, mit altmodischen Röschen geziertes Florkleid: gezogener Rock und gekreuztes Halstuch à la Madame Vigée-Lebrun, dazu eine goldrote, nackenfreie Frisur, frei nach Helleu. Der Unterschied ist kraß, entbehrt jedoch nicht eines gewissen Reizes. Selbstverständlich werde ich diese Bemerkungen bei mir behalten. Welche übrigens nicht?

»Was betrachtest du so aufmerksam, Marthe?«

»Das Porträt meines Herrn Bruders.«

»Alains Bild?«

»Den Namen hast du ausgesprochen.«

»Und wie findest du ihn?«

Sie antwortet nicht sogleich. Endlich bricht sie in Gelächter aus und dreht sich um:

»Kaum zu glauben! Er sieht aus wie ein Hahn!«

»Wie ein Hahn?«

»Jawohl, wie ein Hahn. Überzeug dich selbst.«

Diese ungeheuerliche Behauptung läßt mich erstarren. Mechanisch greife ich nach der rotbraun getönten Photographie, die mir gefällt. Sie zeigt meinen Mann in sommerlichem Garten, barhäuptig, das rotblonde Haar kurz geschoren, mit kühnem Blick, gespannten Sehnen. Er sieht aus wie ein schöner, gesunder junger Mensch mit scharfem Auge und raschem Verstand. Er sieht aber auch aus wie ein Hahn. Marthe hat recht. Jawohl, wie ein roter, eitler Hahn, gespornt und kammbewehrt ... Verzweifelt, als verließe er mich zum zweitenmal, breche ich in neuerliche Tränen aus. Meine Schwägerin ringt die Hände:

»Also weißt du, wenn man nicht einmal mehr von ihm reden darf – du wirst mit der Zeit ein pathologischer Fall, meine Liebe! Hübsch wirst du aussehen beim Schneider, mit diesen verweinten Augen! Habe ich dich gekränkt?«

»Nein, nein ... ich bin selber schuld ... Laß nur, das geht vorbei ...«

Ich kann ihr doch nicht gestehen, daß ich niedergeschmettert bin, weil Alain einem Hahn ähnelt, vor allem aber, weil ich es bemerkt habe ... Einem Hahn! Als ob es nötig gewesen wäre, mich ausgerechnet darauf hinzuweisen ...

»Madame hat nicht gut geschlafen?«

»Nein, Léonie ...«

»Madame hat Ringe unter den Augen. Madame sollte ein Glas Cognac trinken.«

»Danke, nein. Kakao ist mir lieber.«

Léonie kennt für sämtliche Übel nur ein einziges Heilmittel: ein Glas Cognac, dessen segensreiche Wirkungen sie, wie ich annehme, täglich erprobt. Sie ist groß und eckig, macht keine Bewegung zuwenig, keine zuviel, schließt die Türen mit Nachdruck, pfeift, wenn sie im Wäschezimmer näht, Wachfanfaren wie ein jüngst demobilisierter Kutscher – mit einem Wort, sie schüchtert mich ein. Abgesehen davon ist sie mir treu ergeben und bedient mich seit vier Jahren – seit meiner Hochzeit – mit zärtlicher Verachtung.

Ich bin allein, allein, sage mir, daß seit Alains Abreise ein Tag und eine Nacht vergangen sind, raffe meinen ganzen Mut zusammen – allein –, um den Speisezettel zusammenzustellen, die Zeitung »Gesellschaft« anzurufen, die Ausgabenbücher durchzublättern ... Ein Gymnasiast mit ungemachten Aufgaben erwacht am Tage des Schulbeginns kaum unmutiger als ich ...

Meine Schwägerin mußte gestern allein zur Anprobe gehen. Ich konnte ihr den Hahn nicht verzeihen, schützte Müdigkeit vor, Migräne, die entzündete Röte meiner Augen ...

Dafür will ich mich heute aus meiner Erstarrung reißen und Marthe besuchen – schließlich hat es Alain befohlen –, obwohl ich weiß, daß sie »Jour« hält, obwohl ich das Durchqueren ihres endlosen, von Frauengeplapper widerhallenden Salons jedesmal wie einen Spießrutenlauf empfinde ... Wie wird mir erst heute zumute sein, schutzlos und allein ... Wenn ich mich krankmelden ließe, wie Claudine sagt? O nein! Ich will meinem Gatten nicht ungehorsam sein.

»Welches Kleid braucht Madame?«

Ja, welches Kleid! Alain würde keinen Augenblick zögern. Ein Blick auf das Wetter, meinen Teint, die Liste der angesagten Gäste – und sein unfehlbarer Geschmack entspräche allem ...

»Mein graues Crêpe-de-Chine-Kleid, Léonie, und den Hut mit den Schmetterlingen.«

Die Schmetterlinge erheitern mich: sie sind grau, aschfarben beflügelt, mit rosa Halbmonden besät.

Entstellt mich mein Kummer? Nein, nicht allzusehr ... Der schmetterlingbesetzte Hut sitzt untadelig auf dem reichen, glatten Haar – ich trage es rechtsgescheitelt, tief im Nacken zu schwerem Knoten gerafft –, die Augen, von kaum versiegten Tränen geklärt, blicken noch heller, noch forschender als gewöhnlich. Schon recht! Sie soll nur fluchen, Valentine Chessenet, diese Unentwegte des »Jours« meiner Schwägerin, die mich haßt, fände sie doch gern meinen Gatten (ich fühle das) ganz und gar nach ihrem Geschmack. Valentine Chessenet sieht aus, als hätte man sie mit Haut und Haar in Bleiche getaucht. Wimpern, Teint, Locken – alles von ein und demselben rosa angehauchten Blond. Sie schminkt sich rosa und schwärzt ihre Brauen mit Tusche – das hat mir Marthe erzählt –, ohne daß es ihr gelänge, ihre Blutleere zu beleben.

Sicher ist sie in Marthes Salon bereits auf Posten, mit dem Rücken zum Licht, ihren Tränensäcken das barmherzige Halbdunkel zustatten kommen zu lassen, in vorsichtiger Entfernung von Rose-Chou, deren strahlende, dumm-gesunde Frische sie fürchtet; sicher wird sie mir, über zahlreiche wohlfrisierte Köpfe hinweg, spitzfindige Gemeinheiten zurufen, deren Beantwortung meine Fähigkeiten übersteigt, andere Harpyien werden mein schüchternes Schweigen belachen, man wird mich wieder »schwarzes Gänschen« nennen. O Alain, herrischer Alain, Ihretwegen, nur Ihretwegen nehme ich so viele schmerzhafte Nadelstiche in Kauf ...

Schon im Vorzimmer, wo mir wie aus riesenhaftem Vogelbauer vielstimmiges Geschnatter entgegenschlägt, nur dann und wann vom Klirren kleiner Löffel wie von Schnabelhieben unterbrochen, fühle ich meine Hände erkalten.

Sie ist da, die Chessenet! Aber nicht nur sie. Alle sind da, alle, und alle plappern, außer Candeur, der kindhaften Dichterin. Ihre Seele, der Stille zugetan, erblüht nur in schönen Versen. Candeur schweigt, läßt ihre schimmernden Augen langsam umherwandern und beißt mit wollüstig-schuldiger Miene in ihre Unterlippe, als sei es die einer andern.

Auch Miß Flossie ist gekommen, Miß Flossie, die eine Tasse Tee mit langgezogenem »Nein« zurückweist, das in kehliges Röcheln übergeht und klingt, als gewähre sie damit ihr ganzes Selbst. Alain will nicht (warum?), daß ich diese Amerikanerin näher kennenlerne. Sie ist geschmeidig und anschmiegsam wie eine Schärpe, Goldhaar umglänzt ein leuchtendes Gesicht, meerblaue Augen und herrische Zähne. Miß Flossie lächelt mir zu, ruhig und ohne die mindeste Verlegenheit, Aug' in Auge. Plötzlich durchläuft ein seltsames Zittern ihr linkes Lid, verwirrend wie ein Lockruf, und ich wende den Blick ab. Da lächelt Miß Flossie noch einmal, ein wenig verkrampft jetzt, und ein rothaariges schlankes Kind, das in ihrem Schatten nistet, besieht mich aus haßtiefen, unverständlichen Augen ...

Maugis, ein bekannter Musikkritiker, betrachtet die beiden Amerikanerinnen aus nächster Nähe, mit einer Unverschämtheit, die Ohrfeigen verdiente, füllt sein Weinglas mit Whisky und murmelt fast unhörbar, während in seinen hervorstehenden Augen ein seltsames Licht aufblitzt:

»Schon wieder so eine Sappho –«

Was meint er? Ich wage kaum, die vielen Gesichter zu betrachten, die plötzlich zu Mißgunst erstarren: mein Kleid ist hübsch, ich weiß. Wie gern liefe ich auf und davon! Ich suche Zuflucht bei Marthe. Sie wärmt mich mit kleiner, fester Hand, mit der Kühnheit ihrer stolzen Augen. Oh, wie beneide ich sie um ihren Mut: sie ist schlagfertig, verschwenderisch – mehr braucht es nicht, verleumdet zu werden. Man klatscht über Marthe ohne Nachsicht. Sie weiß es, geht den Anspielungen entgegen, packt die perfiden Freundinnen, wenn sie es am wenigsten erwarten, schüttelt sie mit dem Feuer und der Hartnäckigkeit eines guten Jagdhunds.

Heute gäbe ich ihr von Herzen einen Kuß! Madame Chessenet ruft bei meinem Eintritt: »Ah, da ist sie ja, die Witwe des Weltumseglers!«

»Necken Sie die Arme nicht zu sehr«, erwidert Marthe.

»Schließlich und endlich – wenn ein Gatte fortfährt, läßt er eine Lücke.«

»Frrreilich, frrreilich«, bestätigt hinter mir eine schmerzdurchbebte Stimme, »eine grrroße, schmerrrzhafte Lükke ...«

Allgemeines Gelächter. Verwirrt drehe ich mich um, und meine Verlegenheit wächst: ich erkenne in der Sprecherin Claudine, die Frau Renauds. »Nur ein Besuch bei Renaud und Claudine –« Die Umsicht, die Alain den beiden bezeigt, macht mich in ihrer Gegenwart schuldbewußt und dumm. Dabei finde ich diesen Mann und diese Frau, die sich, vereint wie Liebende, niemals verlassen, nett und beneidenswert.

Eines Tages gestand ich Alain, daß ich Claudine und Renaud nicht zu tadeln vermochte, weil sie sich als verheiratetes Liebespaar gebärdeten. Er fragte scharf: »Woher haben Sie die Kenntnis, meine Liebe, daß der Liebhaber der Geliebten öfter und glücklicher begegnet als der Gatte der Gattin?«

»Ich weiß es nicht«, erwiderte ich aufrichtig ...

Seit dieser Zeit tauschen wir mit diesem »Bohemepaar« nur seltene Höflichkeitsbesuche. Das stört weder Claudine, die nichts stört, noch Renaud, den außer seiner Frau alles gleichgültig läßt. Und Alain hegt einen wahren Abscheu vor jeder Art unnötiger Entfremdung.

Claudine tut, als wüßte sie nicht, die allgemeine Heiterkeit entfesselt zu haben, ißt ein Hummersandwich und erklärt nachher mit ruhiger Stimme und niedergeschlagenen Augen: »Das war das sechste.«

»Ja«, sagt Marthe fröhlich. »Sie sind eine kostspielige Bekanntschaft! Madame Beulés Seele ist auf Sie übergegangen!«

»Nur ihr Magen«, verbessert Claudine. »Das war das Beste, was sie zu bieten hatte.«

»Sehen Sie sich vor, meine Liebe«, träufelt Madame Chessenet mit honigsüßer Stimme. »Wenn Sie so weitermachen, werden Sie dick! Neulich erst glaubte ich an Ihren Armen eine hübsche, aber gefährliche Rundung zu bemerken!«

»Pah!« erwidert Claudine mit vollem Mund, »ich wünsche Ihnen Schenkel wie meine Arme, das würde eine Menge Leute freuen!«

Madame Chessenet, die zu ihrem Leidwesen mager ist, schluckt diese Frechheit mühsam, die Halsmuskeln so gespannt, daß ich schon einen Skandal befürchte. Doch sie beschränkt sich darauf, die Unverschämte mit dem kurzen Haar von oben bis unten zu messen, in stummer Wut, und steht auf. Auch ich erhebe mich, nehme aber wieder Platz. Nein, gemeinsam mit dieser gebleichten Schlange will ich den Raum nicht verlassen.

Claudine fällt über einen Pralinenteller her und bietet mir Konfekt an. (Wenn Alain uns sähe!) Ich bediene mich und flüstere ihr zu: »Diese Chessenet wird Ihnen alle möglichen Scheußlichkeiten andichten!«

»Das sollte mich wundern. Alles, was ihr eingefallen ist, hat sie schon zum besten gegeben. Fehlt nur mehr der Kindesmord – und auch dafür getraue ich mich nicht zu garantieren.«

»Sie kann Sie wohl nicht leiden?« frage ich schüchtern.

»Oh, doch. Aber sie verbirgt ihre Gefühle.«

»Und das macht Ihnen gar nichts aus?«

»Gar nichts.«

»Wieso?«

»Wieso? Ich weiß nicht, wieso. Weil –«

Sie verstummt: ihr Mann kommt auf sie zu. Lächelnd deutet er auf die Türe, mit kaum merkbarer Bewegung. Claudine erhebt sich, geschmeidig und leise wie eine Katze. Ich werde nicht erfahren, wieso. Oder sollte der volle, warme Blick, den sie ihrem Gatten zuwirft, die Antwort sein?

Auch ich will gehen. Es leidet mich nicht länger inmitten dieser Männer und Frauen. Vor Verlegenheit glaube ich in Ohnmacht zu sinken, Claudine gewahrt meine Not, kommt zu mir zurück, ihre kleine kräftige Hand greift nach meiner Linken und hält sie fest, während meine Schwägerin fragt:

»Noch keine Nachricht von Alain?«

»Nein. Vielleicht ist inzwischen ein Telegramm gekommen.«

»Das walte Gott, liebe Annie! Ich wünsche es dir von Herzen! Adieu!«

»Wohin fahren Sie im Sommer?« fragt Claudine sehr leise.

»Nach Arriège. Mit Marthe und Léon.«

»Nun, wenn Sie mit Marthe verreisen – darf Alain ganz ruhig sein.«

»Glauben Sie denn, daß ich selbst ohne Marthe ...« Ich fühle mich erröten. Claudine zuckt die Achseln, strebt ihrem Mann zu, der sie ohne Ungeduld neben der Türe erwartet, und erwidert:

»Gott, nein! Dazu hat er Sie zu gut dressiert!«

Ein Rohrpostbrief von Marthe. Er verwirrt mich nicht wenig:

»Keine Zeit, zu dir zu kommen. Rendezvous bei Renaud-Claudine, um vier. Anschließend Anprobe bei Taylor.«

Die gewagteste Zeichnung würde ich kaum verwirrter betrachten als diesen Streifen blauen Papiers. Bei Claudine! Marthe schaltet und waltet, als sei es die einfachste Sache der Welt, Claudine zu besuchen ... Mein Stundenplan sagt ... Was sagt er nicht alles? Soll ich diese von Marthe arrangierte Zusammenkunft als offiziellen Besuch bei Renaud und Claudine betrachten? Ja ... Nein ... Ich schwanke, suche nach einem Kompromiß, fürchte, meine Schwägerin zu verstimmen, scheue Alain und mein Gewissen. Mein Gewissen? Hilflos und schwach, weiß es mir weder zu raten noch zu helfen und unterliegt schließlich dem stärksten Einfluß – der Versuchung, Claudine wiederzusehen, diese Frau, die man mir verwehrt wie ein zu freies, zu aufrichtiges Buch ...

»Rue de Bassano, Charles.«

Ich trage ein einfaches dunkles Ensemble, einen Hut mit grauem Schleier und unauffällige Sämischhandschuhe, ängstlich darauf bedacht, meine »Maßnahme« jeglichen »offiziellen Charakters« zu entkleiden. Oh, ich weiß mich dieser Worte zu bedienen, belehrt durch die Erfahrung Alains, daß eine Maßnahme offiziellen oder inoffiziellen Charakter zu tragen habe. Spreche ich diese Worte in Gedanken aus, so sehe ich dabei eine kleine Zeichnung, naiv und absonderlich wie einen Rebus: die Maßnahme, ein Persönchen mit feinen, fadenförmigen Gliedern, schlüpft eben in ein Prunkgewand, dessen Kragen auf das zierlichste mit den Worten »offiziellercharakteroffiziellercharakteroffi...« bestickt ist ... Wie dumm von mir, das alles aufzuschreiben! Diese kleine Abschweifung soll die letzte sein ... Sonst entfiele dieses Heft meinen Händen, wollte ich jemals darin blättern ...

Vor Claudines Wohnung angelangt, werfe ich einen Blick auf die Uhr: vier Uhr zehn. Marthe ist sicher schon da, sitzt in diesem seltsamen Salon, den ich, von Schüchternheit überwältigt, bei meinem ersten Besuch kaum bemerkte, und knabbert Süßigkeiten.

»Ist Madame Léon Payet schon hier?«

Eine alte, feindselige Dienstmagd betrachtet mich zerstreut, vornehmlich damit beschäftigt, die Flucht eines ungebärdigen schwarzen Katers zu verhindern.

»Gleich wird dich der Hintern brennen, Limaçon ... Wart nur ... Madame Léon – wer? Stock tiefer.«

»Nein ... ich meine ... Ist Madame Claudine zugegen?«

»Madame Claudine? Mit scheint, Sie wissen nicht, was Sie wollen. Claudine wohnt hier. Aber sie ist nicht da.«

»Lügnerin! Lügnerin!« ruft eine fröhliche Lausbubenstimme. »Und ob ich da bin! Du schwindelst, was, Mélie?!«

»Fällt mir nicht ein«, erwidert Mélie ungerührt. »Aber das nächste Mal machst du selber auf! Das hast du dann davon!«

Sie entfernt sich würdevoll, den Kater auf den Fersen. Ich stehe wartend auf der Schwelle. Wird niemand aus dem Dunkel treten, mich einzulassen? Bin ich im Haus der Hexe? Knusper knusper knäuschen ...

»Kommen Sie herein! Ich bin im Salon, aber ich kann mich nicht rühren!«

Ein hoher Schatten baut sich vor mir auf, verdunkelt das Fenster: Renaud erbarmt sich meiner.

»Treten Sie ein, Madame! Die Kleine ist so beschäftigt, daß sie Sie erst später begrüßen wird!«

Die Kleine? Fast scheint sie im Kamin zu kauern, wo trotz der vorgeschrittenen Jahreszeit ein helles Feuer prasselt. Verblüfft nähere ich mich den Flammen. Claudine hält ein unkenntliches Etwas über die Glut. Wiederum gemahnt sie mich an die Märchenhexen, die meine gläubige Kindheit mit Wonne und Grauen erfüllten ... Fürchtete, wünschte ich nicht, im hellen, Claudines Locken vergoldenden Schein Salamander verzucken zu sehen, seltsame Tiere, deren Blut, mit Wein vermischt, vor Sehnsucht sterben macht ...

Sie steht auf und begrüßt mich sehr ruhig:

»Guten Tag, Annie.«

»Guten Tag, Mad... Claudine.«

Es kostet mich Mühe, ihren Namen auszusprechen. Aber wie sollte man es fertigbringen, diese kleine Frau, die jedermann beim Vornamen nennt, mit »Madame« anzusprechen!

»Ich konnte nicht auslassen, verstehen Sie? Es war fast fertig!«

Jetzt erst bemerke ich in ihrer Hand einen kleinen viereckigen Rost aus Silberdraht und darauf eine Rippe Schokolade, die schwarze, duftende Blasen wirft.

»Das ist noch immer nicht das Ideale, Renaud! Diese Stümper haben mir den Stiel zu kurz gemacht! Ich habe eine Blase auf der Hand! Da!«

»Schnell, laß sehen.«

Ihr Gatte beugt sich nieder, küßt die feine, heiße Hand, liebkost sie mit Lippen und Fingern, wie ein Verliebter ... Sie scheinen mich vergessen zu haben. Soll ich gehen? Oh, mir ist nicht zum Lachen zumute ...

»Geheilt, geheilt!« ruft Claudine händeklatschend. »Jetzt

werden wir Grillade essen, Annie, wir beide ganz allein! Mein Großer, mein Schöner, ich spiele Salon. Schauen Sie doch in Ihr Arbeitszimmer, ob ich dort bin.«

»Ich störe dich also?« fragt dieser weißhaarige Mann mit den jungen Augen, der noch immer dicht neben ihr steht ...

Claudine stellt sich auf die Zehenspitzen, hebt mit beiden Händen Renauds langen Schnurrbart und küßt ihren Gatten auf den Mund, laut und vernehmbar. Oh! Ich gehe lieber ...

»Halt, Annie! Hiergeblieben! Wohin laufen Sie?«

Eine herrische Hand bemächtigt sich meines Arms. Claudines widerspruchsvolles Gesicht – mokanter Mund und träumerische Augen – ist mir voll zugewandt, fragend und streng.

Ich erröte, als fühlte ich mich schuldbewußt, den Kuß gesehen zu haben, und stottere:

»Ich wollte nur ... da Marthe noch nicht hier ist ...«

»Marthe? Hätte sie kommen sollen?«

»Ja ... Wußten Sie das nicht? Sie hat mich herbestellt ... Sonst wäre ich niemals ...«

»Was soll das heißen, Sie unhöfliches Kind! Renaud! Haben Sie gewußt, daß Marthe kommen sollte?«

»Ja, Liebste.«

»Und Sie haben mir kein Wort gesagt?«

»Verzeihung, kleines Mädchen! Ich habe dir, wie üblich, deine ganze Post vorgelesen, aber anstatt zuzuhören, hast du mit Fanchette gespielt ... noch dazu im Bett ...«

»Das ist eine unverschämte Lüge! Gestehen Sie lieber, daß Sie mich gekitzelt haben ... die untersten Rippen entlang ... Hiergeblieben, Annie!« Sie zeigt auf das Sofa. »Adieu, Großer!«

Renaud schließt sacht die Türe.

Ich setze mich an den äußersten Rand des Diwans, zögernd, verkrampft. Claudine macht es sich im Türkensitz bequem und versteckt die Füße unter ihrem orangefarbenen Tuchkleid. Eine weiche Seidenbluse, deren Weiße durch japanische Stickereien von der Farbe des Rocks besonders zur Geltung kommt, erhellt ihr mattes Gesicht. Woran sie wohl denken mag, plötzlich so ernst und gedankenverloren? Mit ihrer gestickten Bluse, ihrem kurzen Haar sieht sie aus wie ein kleiner Schiffer vom Bosporus ...

»Er ist schön, nicht wahr?«

»Wer?«

»Renaud natürlich! Vielleicht hat er mir wirklich Marthes Brief vorgelesen ... Ich hab' es wohl überhört.«

»Er liest Ihre Briefe?«

Sie nickt, sehr beschäftigt: die Schokolade klebt am Silberrost und scheint in großer Gefahr, abzubröckeln. Claudines Zerstreutheit macht mich kühn:

»Er liest sie – vor Ihnen? Zuerst, meine ich?«

Mein Gegenüber wirft mir einen maliziösen Blick zu. »Jawohl, Sanftäugige! Ich darf Sie doch ›Sanftäugige‹ nennen, oder nicht?«

»Oh! Aber mir wäre das nicht recht –«

»Wegen Ihrer Flirts?«

»Ich habe keine Flirts, Claudine.«

Aus meinen Worten glüht solch edles Feuer, solch empörte Wahrhaftigkeit, daß sich Claudine kaum zu halten weiß:

»Hereingefallen! Hereingefallen! O reine Seele! Nun, Annie, ich hatte Flirts, und Renaud las mir ihre Briefe vor.«

»Und ... was sagte er?«

»Nichts – das heißt, nicht viel. Manchmal seufzte er: ›Kaum zu glauben, Claudine, wie viele Leute überzeugt sind, anders zu sein als die übrigen – und das unwiderstehliche Bedürfnis empfinden, dieser Erkenntnis schriftlich Ausdruck zu verleihen ...‹ Sonst nichts.«

»Sonst nichts ...«

Fast unbewußt wiederhole ich ihre Worte, im gleichen Ton, um schließlich zu fragen:

»Dann ... dann war es Ihnen also gleich, Claudine?«

»Was? Ja, alles. Alles ist mir gleich, ein einziges Wesen ausgenommen.« (Sie besinnt sich und fährt fort:) »Doch, nein! Vieles hat für mich Bedeutung, der heiße, klare Himmel, das Nachgeben praller Polster, die meiner Trägheit weichen, der stets erneute Überfluß an süßen Marillen und mehligen Kastanien, mein wackeres Hausdach in Montigny, das nicht einmal an Sturmtagen seine moosbestickten Dachschiefer verstreut ...« (Ihre schleppende, singende Stimme stürzt jäh ab, wird knapp und ironisch.) »Sie sehen, Annie, wie Sie, wie alle interessiere ich mich für die Umwelt, für das – um mich ebenso schmucklos auszudrücken wie Ihr mondäner Dichterschwager –, ›was die alles verschlingende, ungleichen Laufs verströmende Zeit entführt!‹«

Ich schüttle den Kopf, nichts weniger als überzeugt, und nehme, Claudine zu Gefallen, von der gebratenen Schokolade, die nach Rauch und Pralinen schmeckt.

»Göttlich, nicht wahr? Der Schokoladerost – dieses geniale Instrument, das ungeachtet meiner Angaben mit zu kurzem Stiel angefertigt wurde – ist meine Erfindung, müssen Sie wissen! Außerdem habe ich den Anti-Floh-Kamm erfunden, für Fanchette, den lochlosen Ofen, um im Winter Maroni zu braten, den Ananas-Absinth und die Spinat-Torte (Mélie behauptet zwar, sie sei's gewesen, aber das ist eine Lüge) sowie den Küchensalon, in dem zu weilen Sie augenblicklich die Ehre haben.«

Claudines Temperament läßt mich in jäher Folge Heiterkeit und Unruhe, Bewunderung und Unbehagen empfinden. Ihre rehbraunen Mandelaugen, so schmal und langgestreckt, daß sie die Schläfen zu berühren scheinen, verkünden mit demselben Feuer, demselben klaren, offenen Blick ihre Liebe zu Renaud wie ihre Freude an Marillen oder ihre Ansprüche auf die Urheberschaft des Schokoladerosts.

Ihr Küchensalon vertieft noch das Gefühl der Unruhe. Wen habe ich vor mir? Eine überzeugte Irre? Eine Gauklerin?

Der Salon erinnert mich an die düsteren, raucherfüllten Gaststuben holländischer Schenken. Aber in welcher Gaststube – selbst in Holland – würde diese rührende, köstlich-primitive Gottesmutter von der Wand herablächeln? Vierzehntes, fünfzehntes Jahrhundert? Ich weiß es nicht. Kindlich, zart und reizend in rosa Gewand und blauem Mantel liegt sie auf den Knien, schüchtern betend.

»Schön, nicht wahr?« sagt Claudine. »Aber wissen Sie, was mir daran am besten gefällt? Der perverse – jawohl, perverse – Gegensatz zwischen zartrosa Kleid und ödem Hintergrund, der so verloren aussieht wie Sie, Annie, an jenem Tag, da Ihr Monsieur Alain sein Schiff bestieg. Sie denken nicht mehr an den Weltumsegler, oder?«

»Ich denke nicht mehr an ihn?!«

»Gott, weniger, meine ich! Oh, Sie brauchen nicht zu erröten ... Ein so korrekter Gentleman! Beachten Sie lieber die reizend-zerknirschte Miene dieser Jungfrau: sieht sie nicht ihr Jesuskind an, als wolle sie sagen: ›Weiß Gott, wie das passiert ist ...‹ Renaud glaubt, es ist von Masolino.«

»Was?«

»Nicht das Kind. Das Bild! Die Fach-leu-te tippen auf Filippo Lippi.«

»Und Sie?«

»Ich? Ich weiß nicht. Außerdem ist es mir egal.«

Ich frage nicht weiter. Diese eigenwillige Art der Kunstkritik bringt mich ein wenig aus der Fassung.

Eine Claudine aus Marmor, die Lider züchtig gesenkt, steht in einem Winkel und lächelt wie ein heiliger Sebastian, der seine Qual genösse. Ein breiter, mit dunklem Bärenfell bespannter Diwan – meine bloße Hand fährt liebkosend darüber hin – weicht in eine Art schützenden Alkovens zurück. Verblüfft betrachte ich das übrige Mobiliar: fünf oder sechs dunkle, glänzende Eichentische – sie scheinen aus einer Landschenke zu stammen und sehen aus wie glattpoliert von den aufgestützten Ellbogen zahlreicher Generationen trauriger Biertrinker –, ebenso viele plumpe Holzbänke, ein geräumiger, auf vier Kupfersäulen ruhender Kamin. Über sämtlichen Möbeln ebenso wie auf dem flauschigen, erdhellen Teppich die typische Ein-Tags-Unordnung verstreuter Bücher, halbaufgeschnittener Zeitschriften ... Staunend blicke ich um mich, besehe alles und fühle dabei eine seltsame Traurigkeit in mir aufkeimen, jene Schwermut vielleicht, die man auf einer Seereise empfindet, wenn man durch grünliche Scheiben lange Zeit in die Abenddämmerung hinausblickt, auf das bewegte Meer, das unter leichtem aschengleichem Regen seinen durchsichtigen Schaum versprüht ... Claudine ist meinen Gedanken gefolgt: da ich zu ihr zurückkehre, betrachten mich aus fremdem Gesicht meine eigenen Augen ...

»Wohnen Sie gern hier, Claudine?«

»Ja. Ich hasse fröhliche Wohnungen. Hier kann ich reisen. Sehen Sie diese düsteren Wände? Sie haben die Farbe des Tageslichts, gebrochen durch eine grüne Flasche ... Und diese glattgescheuerten Bänke ... Sicher trugen sie die Hintern unzähliger armer Teufel, die traurig tranken, um sich zu besaufen ... Na? Mir scheint, Marthe läßt Sie sitzen!«

Wie jäh, wie böse, hätte ich fast gesagt, zerriß sie den Faden ihrer schwermütigen Träumerei! Ich folgte ihr so gern, befreit, für diese eine Stunde zumindest, von der Sorge um den, der in der Ferne schifft ...

Die Sprunghaftigkeit dieser Claudine, die Kinderei mit Wildheit paart, ermüdet mich, vermag sich doch diese junge

Barbarin in blitzschneller Folge für süße Marillen, verzweifelte Säufer und Marthe zu interessieren, das raschelnde, herrische Wesen.

»Marthe ... ja. Sie sollte schon längst hier sein.«

»Kann man wohl sagen! Sicher hat Maugis schwerwiegende Argumente, sie zurückzuhalten.«

»Maugis? War sie mit ihm verabredet?«

Claudine runzelt die Brauen, neigt den Kopf wie ein neugieriger Vogel, schaut mir tief in die Augen, beginnt zu lachen, springt auf und sagt mit der übersprudelnden Lebhaftigkeit eines Backfischs: »Ich weiß nicht, habe nichts gehört, nichts gesehen! Langweilen Sie sich auch nicht? Das ist meine größte Angst ... Sie kennen den Schokoladerost, den Küchensalon, Renaud, mein Marmorporträt, alles, mit einem Wort ... Bleibt noch Fanchette. Ich rufe sie, ja?«

Man hat niemals Zeit, Claudine zu antworten. Sie öffnet eine Türe, beugt sich hinaus und zwitschert geheimnisvolle Lockrufe:

»Meine Süße, meine Schöne, meine Weiße, wrrruuuu, wrrrauuuu, wrrruuu ...«

Die Katze erscheint, langsam, schlafwandlerisch wie ein bezaubertes Raubtier. Sie ist weiß und schön und heftet zwei grüne, gehorsame Augen auf Claudine.

»Meine Schöne, meine Süße, schon wieder hast du auf Renauds Lackschuhe Pipi gemacht, aber hab keine Angst, er wird es nie erfahren! Ich sage ihm, das Leder ist nichts wert, und er wird so tun, als glaubte er mir. Komm her und laß dir vorlesen: wunderschöne Sachen von Lucie Delarue-Mardrus.«

Claudine packt die Katze an der Nackenhaut, hebt sie hoch in die Luft und schreit:

»Hier, meine Herrschaften, die ertrunkene Katze an einem Haken ...« (Sie spreizt die Finger: Fanchette fällt auf weiche, unfehlbare Pfoten, bleibt ruhig sitzen und wartet ...) »Seitdem meine Schöne in Paris wohnt, lese ich ihr Verse vor, Annie! Die Katzengedichte von Baudelaire kann sie schon auswendig. Jetzt lernt sie die Serie ›Für die Katze‹ von Lucie Delarue-Mardrus.«

Soviel wirbelnde Kinderei entlockt mir ein Lächeln.

»Und Sie glauben im Ernst, daß sie versteht?«

Claudine straft mich mit verächtlichem Blick.

»Sind Sie dumm, Annie! Verzeihung! Ich wollte sagen: Ich bin dessen gewiß! Setz dich, Fanchette! Und Sie, kleine Ungläubige, werden höflichst eingeladen, einer einmaligen, nie dagewesenen Vorführung beizuwohnen!«

Die Katze scheint zu schlafen. Gedämpftes Schnurren läßt ihr weißes Fell erzittern, leise Begleitmusik zu Claudines sonderbarer Stimme, die bald ernst klingt, bald sandig von übertrieben ausgesprochenen »R«, bald so verhalten, so süß, daß ich erschauere ... Sie verstummt. Fanchette schlägt die asiatischen Augen auf. Die beiden betrachten einander mit feierlicher Miene, und Claudine wendet sich mir zu, seufzend, mit erhobenem Zeigefinger.

»Samtener Despot ... Diese Wendung ist unbezahlbar! Na, wie gefällt Ihnen das Gedicht? Schön, nicht wahr? Für den Ruhm, ›samtener Despot‹ gefunden zu haben, gäbe ich zehn Jahre vom Leben der Chessenet!«

Das Wort stört wie ein billiges Stück in einer kostbaren Sammlung.

»Sie haben für die – Madame Chessenet nichts übrig, Claudine?«

Mehr liegend als sitzend, den Blick auf den Plafond geheftet, hebt Claudine eine träge Hand.

»Mir egal ... die Chessenet? ... Keine Frau ... eine gelbe Rübe ... genauso egal, wie Rose-Chou ...«

»Ah! Rose-Chou –«

»Rose oder Chou? Diese mollige Kleine hat Wangen wie ein Amorettenpopo –«

»Oh!«

»Was, oh? ›Popo‹ ist ein sehr hübsches Wort. Im übrigen hat auch die Rose-Chou – ach was.«

»Und ... Marthe?«

Eine Art indiskreter Neugier drängt mich dazu, Claudine auszufragen, als könne ich ihr auf diese Weise das Geheimnis, das Rezept eines Glücks entlocken, das sie von allem loslöst, über Klatschgeschichten, läppische Streitereien, ja, selbst jenseits des »guten Tons« stellt. Doch es fehlt mir am nötigen Geschick. Claudine wirft sich mit jäher Bewegung auf den Bauch, vergräbt die Nase im Silberfell ihrer Katze und lacht mich aus.

»Marthe? Ich glaube, daß sie ihr Rendezvous verpaßt hat ... das mit uns, meine ich. Aber was soll das, Annie? Ein Verhör?«

Ich schweige beschämt, um wenig später dem Impuls rückhaltloser Offenheit zu gehorchen:

»Verzeihung, Claudine! Ich habe laviert, gezögert, Sie zu fragen, was Sie von Alain halten ... Seitdem er fort ist, weiß ich kaum mehr, wie ich leben soll ... Niemand spricht mir von ihm – zumindest nicht so, wie ich es wünsche. Ist es Sitte in Paris, die Scheidenden so bald zu vergessen?«

Ich sprach, wie ich dachte. Meine Bewegung überrascht mich selbst. Aus den Zügen Claudines spricht Mißtrauen. Sie stützt das matte, vom Schein der weißen Bluse erhellte Oval auf zwei kleine Fäuste und erwidert:

»Sitte? Ich weiß nicht. Das hängt wohl davon ab, wer scheidet. Monsieur Samzun – Alain, wie Sie ihn nennen – machte auf mich stets den Eindruck eines ... untadeligen Gatten. Er strebt danach, distinguiert zu erscheinen, und wirkt korrekt. Immerhin etwas. Er liebt es, unwiderrufliche Sentenzen von sich zu geben und Gesten zu machen, die ...«

»Despotisch sind, nicht wahr?« vervollständige ich mit zagem Lächeln.

»Ja. Nur hat er kein Recht, despotisch zu sein. Er ist keine Katze – ah, nein! –, sondern ein Snob bis in die Knochen, und hat obendrein ein Lineal verschluckt ... Gott, bin ich dumm! Wollen Sie sofort zu weinen aufhören? Als ob meine Worte die geringste Bedeutung hätten! Wissen Sie denn nicht, Sie geprügeltes Kind, daß Claudine dort, wo sich bei anderen Leuten der Verstand befindet, nur ein großes Loch aufzuweisen hat? So, jetzt will sie gehen! Geben Sie mir vorher einen Kuß, Annie, zum Zeichen, daß Sie mir nicht böse sind! Mit Ihrem Hängekleidchen, der Schleife im Haar, den hellen Tränen an den Wimpern sehen Sie aus wie ein Mädchen, das man zum Traualtar schleppt ...«

Ich lächle ihr zuliebe, ihr dafür zu danken, daß sie durch das bequeme, wohlbekannte Kleid der Heuchelei ihre wahrhafte, ungebärdige Seele hindurchschimmern läßt ...

»Adieu, Claudine. Ich bin nicht böse.«

»Das hoff' ich! Geben Sie mir einen Kuß?«

»Oh! Ja.«

Sie neigt sich mir zu, lang und biegsam, legt beide Hände auf meine Schultern:

»Mund her! Was sage ich da? Alte Gewohnheit ... Wange her. So. Auf bald. Wir sehen uns in Arriège, nicht wahr? Dort geht's hinaus. Grüßen Sie Marthe, das lockere Frauenzimmer! Nein, Ihre Augen sind nicht rot. Adieu, adieu ... kleine Schmetterlingspuppe!«

Schritt für Schritt steige ich die Treppe hinunter, unschlüssig, verwirrt. Was hat sie gesagt? Ein Lineal ... Ich glaube, die Metapher, das Bild dieses Lineals, hat mich mehr erschüttert als Claudines Urteil ... Sie hat gelästert, diese Frau, die keine Schranken kennt, und ich habe zugehört, sprachlos und verblüfft ...

»Liebster Alain, ich habe versprochen, tapfer zu sein. Darum will ich Ihnen nur meinen Mut zeigen. Verzeihen Sie, daß ich Ihnen das übrige verberge – Sie erraten es sicher nur zu gut. Ich weiß, Sie legen großen Wert darauf, unser Haus in der gewohnten Ordnung zu wissen. Also tue ich mein möglichstes, meine Pflichten in Ihrer Abwesenheit ebenso aufmerksam zu erfüllen, als seien Sie hier. Die Bücher der Dienstboten werden regelmäßig überprüft, und mit Léonie – zumindest mit ihren Absichten – bin ich sehr zufrieden.

Ihre Schwester ist reizend wie immer. Ich wollte, der Umgang mit ihr gäbe mir etwas von ihrer Unerschrockenheit, ihrer bewundernswerten, stets angespannten Willenskraft. Ein kühner Wunsch, das weiß ich wohl, den Sie kaum teilen: Ihre besonnene Entschlossenheit genügt für uns beide.

Ich weiß nicht, wo dieser Brief Sie erreichen wird, und diese Ungewißheit steigert noch meine Unbeholfenheit. Ein Briefwechsel zwischen uns beiden ist mir eine neue, seit allzu langer Zeit vergessen geglaubte Gewohnheit, die ich am liebsten nie wieder aufgenommen hätte ... Und dennoch, das fühle ich genau, wird sie in den Augenblicken größter Niedergeschlagenheit meine letzte Rettung sein.

Nun noch wenige Worte, um Ihnen zu sagen – ungeschickt, sicherlich, und in einer Weise, die das, was ich fühle, nicht annähernd wiedergibt –, daß ich Ihnen von ganzem Herzen ergeben bin.

Ihre kleine Sklavin

ANNIE.«

Warum schrieb ich diesen Brief so verkrampft, warum verbarg ich meinen Kummer, mein wahres Ich? Mangelte es mir an Selbstvertrauen – wie stets –, oder fehlte mir – zum erstenmal – der Glaube an ihn?

Welche Annie liebt mein Gatte? Die stille, flockengleiche, die er kennt und zum Schweigen erzogen hat, die gewohnt ist, ihre Gedanken unter Worten zu verbergen wie ihre Augen unter Wimpern ... Oder die ratlose, unruhige, die sich in ihrer Verlassenheit den tollsten Hirngespinsten preisgegeben fühlt, die Annie, die er nicht kennt?

Die er nicht kennt ...

Gedanken einer Betrügerin. Nein, hehlen ist nicht besser als lügen. Habe ich das Recht, zwei verschiedene Annies in mir zu verbergen? Wenn aber die eine nur die Hälfte der andern wäre? Gott, wie ermüdend!

Meinen Gatten kennt zur Gänze, wer ihn eine Stunde sah. Seine Seele ist klar wie sein Gesicht. Er verabscheut alles Unlogische und meidet, was sich nicht schickt. Hätte er wohl an jenem fernen Abend unserer Verlobung um mich geworben, wäre ich ihm in die Arme gefallen und hätte gesagt: »Küssen Sie mich, Alain – in dieser Stunde bedarf ich Ihrer Zärtlichkeit ...«

O Gott! Soviel Unvernunft ... Alains Fernsein erklärt alles. Wie viele Torheiten werde ich zu verschweigen haben ... Eines jedoch steht fest: nicht die »Geschichte seiner Reise« wird dieses Heft enthalten, sondern das Tagebuch eines hilflosen, verwirrten Geschöpfs ...

»Ein Telegramm!«

Léonie macht mir angst. Diese brüsken Soldatenmanieren ... Mit zitternden Fingern öffne ich die Depesche.

»Reise bestens verlaufen. Gehen heute an Bord. Brief folgt. Liebevolles Gedenken.

SAMZUN.«

Das ist alles? Ein Telegramm ist kein Brief, und dieses sollte mich in jeder Hinsicht beruhigen. Fühlte ich mich ruhiger, weniger aus dem Gleichgewicht, würde es mir vielleicht genügen. Aber so ...

»Liebevolles Gedenken« – ich weiß nicht, ich hätte mir etwas anderes gewünscht. Und dann – warum unterschreibt er mit »Samzun«? Zeichne ich vielleicht meine Briefe »Larjarrisse«? Annie, Annie – was ist in dich gefahren? Was fällt dir ein, dich mit Alain – einem Mann wie Alain! – vergleichen zu wollen?

Mir selbst zu entfliehen, gehe ich zu Marthe und treffe – Léon. Wie täglich zu dieser Stunde sitzt er in seinem Arbeitszimmer, das Marthe die »Folterkammer« nennt. (Bücher hinter vergoldeten Gittern, ein schöner Schreibtisch Louis XVI, den dieser musterhafteste aller Schriftsteller nie mit dem geringsten Klecks befleckte – oh, er arbeitet achtsam, die Hand auf Löschpapier gelegt –, das Gefängnis scheint mir durchaus erträglich.) Bei meinem Eintritt steht er auf und preßt die Hände an die Schläfen.

»Was für eine Hitze, Annie! Ich bringe nichts weiter! Das Wetter ist auch so lau heute, so traurig, trotz der Sonne. Ein schlechter, verlorener Tag!«

»Nicht wahr!« stimme ich rasch bei, fast dankbar. Léon betrachtet mich aus sanften Tieraugen, verständnislos.

»Ich weiß nicht, wie ich meine sechzig Zeilen fertigbringen soll ...«

»Man wird Sie schelten, Léon!«

Er zuckt die Achseln, mit einer müden Bewegung, die wohl besagt: »Daran bin ich gewöhnt.«

»Geht der Roman gut vorwärts?«

Er zupft an seinem Spitzbart und erwidert mit diskreter Eitelkeit (sie dünkt mich vom gleichen Schlag wie sein farbloses Talent):

»Danke, ganz gut – wie die andern.«

»Wie lösen sich die Konflikte?«

Léon schätzt in mir die gefällige Zuhörerin, das leicht wachzurufende Interesse. Wenigstens eine, die an seinen Ehebruchs-, Selbstmord- und Bankrottgeschichten – sie spielen samt und sonders in allerhöchsten Kreisen – echtes, wenn auch geringes Gefallen findet ...

»Bis jetzt noch gar nicht!« seufzt mein armer Schwager. »Der Mann hat seiner Frau zwar verziehen, aber sie hat nun einmal die Freiheit gekostet und zerrt an ihren Zügeln. Bleibt sie, ist es literarischer. Läßt sie ihn zum zweitenmal hocken, steigt die Auflagenziffer ... sagt Marthe.«

Léon verwendet zuweilen Ausdrücke – Überbleibsel aus seiner Journalistenzeit –, die mich unangenehm berühren. Ich rekapituliere:

»Sie will ihn also verlassen?«

»Kann man wohl sagen.«

»Dann soll sie doch gehen!«

»Warum?«

»Nun, wenn sie schon ›die Freiheit gekostet hat‹ ...«

Léon lacht ohne Überzeugung und zählt seine Blätter.

»Komisch, daß Sie das sagen – ausgerechnet Sie!« Er greift wieder zur Feder und fügt hinzu: »Marthe erwartet Sie im ›Fritz‹ – Sie sind mir doch nicht böse, wenn ich Sie fortschicke, mein Kind? Ich muß im Oktober abliefern, also ...«

Er zeigt auf das schmale Bündel beschriebener Blätter.

»Arbeiten Sie nur, mein armer Léon!«

»Place Vendôme, Charles!«

Die Fünf-Uhr-Tees bei »Fritz« sind Marthes neueste Leidenschaft. Um wieviel lieber ist mir doch mein kleiner englischer Teesalon Rue d'Indy, dieser niedrige, von Kuchen und Ingwer durchduftete Raum, um wieviel lieber sein Publikum: alte Engländerinnen mit vielreihigen falschen Perlenschnüren, Halbweltdamen bei diskretem Rendezvous ...

Marthe hingegen schätzt den langen weißen Salon des »Fritz«, durchmißt ihn mit kurzsichtig-suchendem Blick, als fahnde sie nach jemand ganz Bestimmtem, obwohl ihre drohenden grauen Augen die Versammelten schon auf der Schwelle gezählt und gewertet haben. Da wird keiner übersehen, keines der Gesichter, die sie sucht und beobachtet, keiner der Hüte, die sie daheim mit unfehlbarer Hand kopieren wird ...

Wie häßlich von mir ... Ist's nicht fast, als dächte ich schlecht von Marthe, meiner Schwägerin, in deren Gesellschaft ich seit Alains Abschied Wärme und Zerstreuung finde? Oh, ich weiß, warum ich mißgestimmt bin: es ist mir jedesmal erneute Qual, unter den gnadenlosen Blicken dieser essenden, trinkenden Meute, die hauptsächlich darauf versessen ist, den lieben Nächsten zu verschlingen, die grellweiße, endlose Galerie des »Fritz« zu durchqueren ...

Heute geht es mir nicht besser als sonst: mit dem Mut der Memme stürze ich mich in den Kampf, durcheile den langen, rechtwinkeligen Raum, von Zwangsvorstellungen gepeinigt:

»Gleich werde ich stolpern – meinen Knöchel verstauchen – mein Rock schließt schlecht – mein Knoten geht auf –« Kein Wunder, daß ich an Marthe vorbeilaufe, ohne sie zu sehen. Sie fängt mich mit dem gebogenen Ende ihres Sonnenschirms und lacht so laut, daß ich meine, vor Verwirrung zu sterben. »Wem rennst du nach, Annie? Du wirkst wie eine Frau bei ihrem ersten Rendezvous! Da, setz dich, gib mir deinen Sonnenschirm, zieh deine Handschuhe aus! So! Wieder einmal gerettet! Für eine Märtyrerin ist dein Gesicht gar nicht so übel. Furcht steht dir, das muß man sagen. Wem wolltest du entfliehen?«

»Allen.«

Marthe betrachtet mich mit einer Mischung aus Verachtung und Mitleid und sagt seufzend:

»Aus dir werde ich nie etwas machen! Wie gefällt dir mein neuer Hut?«

»Sehr gut.«

Ich antworte vertrauensvoll, meiner Sache gewiß. In Wirklichkeit hatte ich ihrem Hut keinen Blick gegönnt, hinlänglich damit beschäftigt, meine Fassung wiederzugewinnen. Nun hole ich das Versäumte nach. Wie! Diese helle, das Gesicht in weichen Falten umrahmende Musselinhaube à la Charlotte Corday soll ein Hut sein? Was auch immer – geglückt ist das Gebilde jedenfalls! Kopfbedeckung, Batistkleid und unvermeidliches Fichu bilden ein hübsches Ensemble 1793. Immer noch Marie Antoinette, aber schon im Temple. Nie würde ich wagen, derartig verkleidet auf die Straße zu gehen ...

Marthe weiß, daß ihr das Häubchen steht, fühlt sich wohl, schnellt ihre treffsicheren Blicke, denen wenige Männer gewachsen sind, kühn nach allen Seiten, knabbert fröhlich an ihrem Backwerk, schaut, spricht, verwirrt und beruhigt mich. »Warst du bei mir daheim?«

»Ja.«

»Hast du Léon gesehen?«

»Ja.«

»Arbeitet er?«

»Ja.«

»Er muß bis Oktober fertig sein, da gibt's nichts ... Ich habe einen Haufen Rechnungen ... Nachricht von Alain?«

»Ein Telegramm. Brief folgt.«

»Du weißt, daß wir in fünf Tagen wegfahren?«

»Wie du willst, Marthe.«

»Wie du willst! Gott, bist du ermüdend, armes Kind! Da, schau hin: Rose-Chou! Ihr Hut ist verpatzt.«

Das Kapitel »Hut« nimmt im Leben meiner Schwägerin beachtlichen Raum ein. Im übrigen hat sie recht: Rose-Chous Hut (die Trägerin ist ein hübsches, frisches, vielleicht ein wenig zu üppiges Geschöpf, das, wie Claudine behauptet, nicht gerade das Pulver erfunden hat) ist verpatzt.

Marthe zappelt vor Vergnügen.

»Sie will uns wohl weismachen, daß sie sich für neue Hüte ruiniert! Dabei hat mir ihre beste Freundin erzählt – die Chessenet –, daß sie alle eleganten Hüte ihrer Stiefmutter auftrennt, um sie für sich umzuarbeiten!«

»Glaubst du wirklich?«

»Gott, man muß immer das Schlechteste annehmen. Zu Berichtigungen ist später Zeit ... Ah, sieh da! Renaud und Claudine. Wir werden sie herrufen. Maugis ist auch dabei.«

»Aber, Marthe ... Ich soll mit Renaud und Claudine nicht allzuviel verkehren ... Alain –«

»Ich weiß.«

»Ich möchte also nicht –«

»Laß doch ... Erstens ist dein Mann nicht da, zweitens lade ich dich ein! Dein Gewissen kann also ganz ruhig sein.«

Hat sie nicht recht? Schließlich und endlich, wenn sie mich einlädt – o Stundenplan! Ich werde vieles abzubitten haben ...

Claudine hat uns gesehen, bleibt stehen und begrüßt Marthe auf drei Meter Entfernung mit einem klangvollen: »Guten Tag, Goldhelm!« Alles dreht sich um.

Renaud folgt seiner Frau, voll Nachsicht für ihre Narreteien, Maugis beendet den Zug. Ich liebe Maugis nicht sonderlich, ertrage aber die Unverschämtheit dieses lächelnden Saufbolds zuweilen mit Erheiterung. Allerdings werde ich mich hüten, diese Belustigung Alain gegenüber zu erwähnen: mein Gatte empfindet für diesen ungeschlachten, verwahrlosten Menschen, der am liebsten flachkrempige Zylinder trägt, den Abscheu des Ehrenmanns.

Marthe flattert herum wie eine weiße Henne. »Tee, Claudine?«

»Pfui Teufel! Nein. Mir graust vor Tee!«

»Schokolade?«

»Nein ... ich möchte Wein um zwölf Sous den Liter.«

»Was?« frage ich entgeistert.

»Pst, Claudine«, schilt Renaud mit sanfter Stimme und lächelt unter seinem silbernen Schnurrbart, »Madame Samzun wird entrüstet sein!«

»Warum?« staunt Claudine. »Wein um zwölf Sous pro Liter ist nichts Unappetitliches ...«

»Nicht hier, kleines Mädchen, nicht hier! Wir werden Wein trinken gehen, wir beide ganz allein, am Schanktisch der lausigen, aber gemütlichen Gastwirtschaft Avenue Trudaine. Bist du jetzt zufrieden –«, seine Stimme fällt, »– geliebtes Vögelchen?«

»Ja! Ja!« ruft die Unverbesserliche und betrachtet ihren Gatten mit solch kindlicher Begeisterung, solch verliebter Bewunderung, daß es mich in der Kehle würgt und ich fürchten muß, jetzt und jetzt in Tränen auszubrechen. Wäre es mir je einmal beigefallen, Alain um Wein zu zwölf Sous zu bitten, hätte er mir – Brom gegeben und die Erlaubnis, schleunigst zu Bett zu gehen ...

Maugis neigt mir seinen ehemals braunen, vom Alkohol zahlreicher Großstädte verfärbten Schnurrbart zu:

»Dieser lauwarme Tee, diese brechreizenden Törtchen scheinen Ihr Mißfallen zu erregen, Madame ... Im ›Fritz‹ werden Sie kaum das Richtige finden, denn die Flüssigkeiten, die man hier auszuschenken beliebt, würden selbst den Stammkunden der kleinsten Armeekantine Bauchgrimmen verursachen ... Abgesehen davon, kann ich den von Madame Claudine gepriesenen Weißwein zu sechzig Centimes nur belächeln. Wissen Sie, was Sie brauchen würden? Einen hübschen Grünen!«

»Einen hübschen was?«

»Einen Blauen, wenn Ihnen diese Farbe besser gefällt: einen Kinder-Pernod! Wissen Sie nicht, daß ich Vorsitzender der frauenrechtlerischen Vereinigung ›Absinth für alle‹ bin? Der Zustrom ist ungeheuer!«

»So etwas habe ich noch nie getrunken«, sage ich mit schlecht verhehltem Abscheu.

»Oh!« ruft Claudine. »Es gibt so viele Dinge, tugendhafte Annie, die Sie noch nie gekostet haben ...«

Die Bedeutung, die aus ihren Worten klingt, macht mich verwirrt und verlegen. Claudine läßt ihren spöttisch-belustigten Blick zu Marthe schweifen.

»Vom ›unbeschwerten, gelockerten Leben der Badeortes‹, wie es in Léons neuestem Roman so schön heißt, versprechen wir uns viel für Annies Bildung!« lacht meine Schwägerin.

»Ein Liebesdrama?« fragt Maugis und fährt fort, ohne die Antwort abzuwarten: »Ein kraftvolles, ein unvergängliches Werk, Madame! Schildert es doch mit galliger Feder und feuriger Schrift die Qualen ebenso verbotener wie aristokratischer Leidenschaften.«

Marthe kichert? Wie? Alle vier verspotten den Unglücklichen, der daheim über seinem Pensum brütet? Ich bin betreten, entrüstet, belustigt, ob ich will oder nicht, studiere den Grund meiner Teetasse und hebe schließlich die Lider, einen verstohlenen Blick auf Claudine zu werfen, die mich betrachtet und ihrem Gatten zuraunt, als spräche sie zu sich selbst:

»Was für herrliche Augen sie hat, nicht wahr, Großer? Wie wilde Kresse, auf braunem Sand erblüht –«

»Ja«, vervollständigt Renaud. »Wenn Annie die Augen aufschlägt, glaubt man, sie zieht sich aus.«

Nun betrachten mich alle vier, mit seltsam geistesabwesender Miene. Ich könnte schreien, leide Qualen entsetzlicher Freude. Es ist, als fielen mir plötzlich die Kleider vom Leib.

Marthe, energisch wie immer, bricht als erste das lastende Schweigen:

»Wann kommt ihr, Renaud und Claudine?«

»Wohin, meine Liebe?«

»Nach Arriège, versteht sich! Seit neuestem – dem Himmel sei's geklagt! – schlummert ja in jedem Pariser, der auf sich hält, ein Mensch mit Arterienverkalkung ...«

»Meiner leidet an Schlaflosigkeit«, verkündet Maugis salbungsvoll. »Kaum wacht er auf, dusche ich ihn mit Whisky. Aber Ihre Kuren, Frau Marthe, sind ein Witz und haben wohl mehr mit der Mode zu schaffen als mit Ihrer Gesundheit!«

»Weit gefehlt, Sie Frechling! Ich fahre allen Ernstes nach Arriège! Dank vier Wochen Kur kann ich im Winter Trüffeln essen, Burgunder trinken und erst um drei schlafen gehen! Apropos: nächsten Dienstag pilgern wir alle zu Madame Lalcade, nicht wahr? Das wird lustiger sein als Arriège!«

»Ja!« erwidert Claudine. »Es wird nur so wimmeln von Herzögen und Fürsten. Sie gingen auf Händen hin, was, Marthe?«

»Ich könnte es!« antwortet meine Schwägerin ein wenig verschnupft. »Meine Dessous brauchen das Tageslicht nicht zu scheuen ...«

»Außerdem«, schnurrt Maugis in seinen Bart, »trägt sie geschlossene Höschen.«

Ich hab's gehört. Wir haben's alle gehört.

Frostige Stille.

»Und Sie, gedankenvolles Wesen?« fragt Claudine. »Arriègieren Sie?«

Das gedankenvolle Wesen bin ich ... Ich fahre auf. Oh, ich komme von weit her ...

»Ich? Ich begleite Marthe und Léon –«

»Und ich meinen Gatten, damit er keinen anderen Schürzen nachjagt (ich mein's nicht ernst, Schönster!). Wir werden uns also wiedersehen, was für ein Glück! Ihr werdet Wasser trinken, das nach faulen Eiern riecht, und ich werde Gelegenheit haben, aus euren Grimassen Rückschlüsse auf eure Seelenstärke zu ziehen! Besonders Sie werden freudig dreinschauen, Maugis, altes Faß!« Alles lacht. Ich denke entsetzt an Alain. Was würde er sagen, käme er plötzlich zur Türe herein und fände mich in so unkorrekter Gesellschaft! Denn schließlich und endlich – Marthes Gegenwart entschuldigt nicht alles, und mit Claudine, dieser Närrin, die ihre Bekannten »altes Faß« tituliert, scheint mir jeder nähere Verkehr unmöglich.

»Ich werde nicht zu Madame Lalcade gehen, Alain.«

»Doch, Annie.«

»Ich werde so traurig, so einsam sein ...«

»So traurig – meine Bescheidenheit verbietet mir, das Thema zur Diskussion zu stellen! So allein? Sie werden nicht allein sein. Marthe und Léon werden Sie begleiten.«

»Wie Sie wollen.«

»Verstehen Sie doch, liebes Kind, und sehen Sie nicht in allem, was ich Ihnen als nützlich anempfehle, eine Zwangsarbeit! Die Soirée bei Madame Lalcade gilt als ... künstlerisches Ereignis, und Ihre Abwesenheit würde gewisse Leute nur freuen ... Sie dürfen dieses gastfreundliche Haus – das einzige vielleicht, wo die Leute der Gesellschaft gefahrlos zahlreichen interessanten Künstlern begegnen können –

nicht vernachlässigen! Wenn Sie es nur besser verstünden, sich ins rechte Licht zu setzen, könnte es Ihnen vielleicht gelingen, der Gräfin Greffulhe vorgestellt zu werden ...«

»Ah?«

»Aber ich zähle nicht darauf, daß Sie sich bemerkbar machen, am allerwenigsten in meiner Abwesenheit ... Nun ja.«

»Wie soll ich mich anziehen?«

»Ihr weißes Kleid mit dem gefächelten Gürtel scheint mir angezeigt, Annie. Einfachheit – das ist an diesem Abend das allerwichtigste. Sie werden zu viele Coiffuren à la Gismonda, zu viele Roben von Laparcierie bemerken. Nichts darf zu Verwechslungen Anlaß geben ... Bleiben Sie, wie Sie sind – zurückhaltend, einfach, nichts weniger, nichts mehr. Ist das nicht ein schönes Kompliment?«

Ein sehr schönes, in der Tat. Ich weiß seinen Wert zu schätzen. Seither sind fast zwei Wochen verstrichen; aber noch höre ich die Worte Alains, seine klare, sichere Stimme, die niemals zögert ... Ich werde also heute mein weißes Kleid anziehen, werde zu Madame Lalcade gehen, werde den wehmütig-frivolen Melodien Faurés lauschen, den Pantomimen zusehen ... Marthe kommt mir in den Sinn, ihre grenzenlose Freude darüber, im letzten Augenblick für eine hübsche, verschnupfte kleine Marquise einspringen zu dürfen ... Binnen achtundvierzig Stunden hat meine Schwägerin ein Kostüm aus changierender Seide verfertigt, ein Fischbeinkorsett anprobiert, alte Stiche zu Rate gezogen, mehrere Friseure aufgesucht und eine Gavotte geprobt ...

»So viele Leute, Léon!«

»Ja. Die Woronzoffs sind da und die Gurkaus ... Ich habe ihre Equipagen gesehen ... Würden Sie mir meine Handschuhe zuknöpfen, Annie?«

»Ihre Handschuhe sind zu eng, Léon –«

»Sie irren, Annie. Nicht zu eng, sondern neu. Die Handschuhmacherin sagt immer: ›Monsieurs Hand schmilzt förmlich ...‹«

Ich kann seine kindische Eitelkeit nicht einmal belächeln. Was Hände und Füße betrifft, ist mein armer Schwager kokett wie eine Frau: er erträgt lieber tausend kleine Foltern, ehe er seinen gequälten Fingern eine weitere Viertelnummer zugesteht ...

Vor dem Glashaus, das als Garderobe dient, staut sich die Menge. Der Strom lichtbemäntelter Gestalten zieht sich bis in den Garten. Schon fürchte, schon hoffe ich, keinen Einlaß mehr zu finden, als mir Léon mit beharrlich sanftem Ellbogen eine schmale Gasse bahnt. Ich werde eintreten, das sehe ich schon – auf Kosten meines Kleids. Ein Spiegel, Gott sei Dank, denn ich könnte schwören, mein Knoten geht auf ...

Von zwei stattlichen Damen flankiert, gelingt es mir endlich, ein Stückchen Annie zu erspähen, ihre schlanke, afrikanische Bräune, die sanften Augen, deren Helle an das lichte Blau kleiner Gasflammen erinnert. Die Demut meines Blicks dünkt mich beinahe verdächtig ...

»Keine Angst, geprügeltes Kind! Sehr in Form, heute abend!«

Der Spiegel zeigt mir, dicht an meiner Seite, die energiegeladene Gestalt Claudines, ihr gelbes, spitz ausgeschnittenes Kleid. Es wogt wie eine Flamme ...

Ich drehe mich um und frage, reichlich einfältig:

»Haben Sie vielleicht Léon gesehen? Ich habe ihn verloren ...« Der gelbe Kobold lacht schallend:

»Ich habe ihn nicht bei mir, mein Wort darauf! Brauchen Sie ihn wirklich so notwendig?«

»Es ist nur ... weil Marthe mitspielt ... und ich habe niemand außer ihm ...«

»Vielleicht ist er gestorben«, sagt Claudine mit Grabesstimme.

»Aber wenn auch: ich bin als Gardedame ebensogut zu gebrauchen! Wir werden Platz nehmen, die fetten Schultern der alten Damen betrachten, darauf klopfen, falls sie während des Konzerts den Mund aufmachen, und so bald wie möglich zum Buffet stürzen, um sämtliche Erdbeeren aufzuessen!«

Das verlockende Programm (oder Claudines unwiderstehliche Vitalität?) gibt den Ausschlag: ich senke das Haupt wie ein Widder und halte meinen Einzug in Madame Lalcades Atelier, das heute als Theatersaal dient und unter Blumen fast verschwindet ...

»Sie hat alle ihre Modelle eingeladen!« flüstert mir meine Gefährtin zu.

Wie das glänzt und funkelt! Die Damen sitzen eng aneinandergedrängt. Nur ihre Köpfe wenden und neigen sich bei jedem neuen Eintritt wie ein Mohnblumenfeld im Wind ...

»Die vielen Leute! Wie sollen wir uns da jemals niedersetzen, Claudine?!«

»Wie? Das werden Sie gleich sehen!«

Claudines lächelnde Skrupellosigkeit kennt keinen Mißerfolg. Sie kapert einen halben Sessel, wiegt die Hüften bis zu seiner völligen Eroberung und installiert mich neben sich, Gott weiß, wie.

Oh! Der hübsche bemalte Vorhang! Oh! Alles, was man nicht sieht! Oh! Valentine Chessenet, rot von Kopf bis Fuß, einschließlich ihrer Hasenaugen! Marthe spielt mit? Oh, Annie! Madame Lalcade begrüßt uns über dreiundfünfzig Damen hinweg. Guten Abend, Madame! Guten Abend, Madame! Danke, danke, wir sitzen sehr gut! Drei Viertel unserer Hintern haben's bequem!

»Man hört Sie, Claudine!«

»Soll man!« erwidert die gefährliche Kleine. »Ich sage nichts Häßliches, mein Herz ist rein, ich wasche mich jeden

Tag. Guten Abend, Fettwanst!« (Das gilt Maugis.) »Er kommt, um Marthe halbnackt zu sehen. Vielleicht auch wegen der Musik. Oh! Rose-Chou ist heute ein wahres Götterbild! Ich wette, Annie, daß Sie auf drei Schritte Entfernung nicht sagen können, wo ihre Haut anfängt und wo die rosa Seide ihres Kleids ... Welch ein Überfluß an frischem, gesundem Fleisch! Es ist mindestens hunderttausend Francs wert, das Pfund zu fünf Sous! Nein, zerbrechen Sie sich nicht den Kopf, wieviel Kilo das ausmacht ... Dort steht Renaud. Bei der Türe.«

Sie ahnt es nicht – doch kaum erwähnt sie ihren Gatten, sänftigt sich ihre Stimme.

»Ich sehe ihn nicht.«

»Ich auch nicht. Nur eine Schnurrbartspitze ... Aber ich weiß, es ist seine.«

Ja, du weißt, daß er es ist, feuriges kleines Tier, witterst den Gefährten durch Atem, Wärme, Gerüche so vieler Menschen hindurch ... Oh, wie traurig – stets aufs neue – macht mich doch ihre Liebe!

Unversehens verlöscht das Licht. Das wilde Geplapper verstummt, nach jenem lauten, vulgären »Ah!« der Überraschung, mit dem die Menge am 14. Juli die erste Rakete begrüßt ... Noch ist die Bühne verhängt, allein schon tropfen die Harfen leise Töne, schon näseln müde Mandolinen: »Herbei, herbei, ihr Nymphen«, schon teilt sich der Vorhang ...

»Fein! Fein!« murmelt Claudine überwältigt.

Vornehm-grauer Parkhintergrund. Davor ruhen, schäkern und schmachten Amynthas, Tircis und Klytander, Cydalise und der Abbé, die jugendliche Naive und der Lebemann, als seien sie eben dem Schiff entstiegen, das sie aus Kythera brachte. Kaum schwankt die Schaukel unter der leichten Last der Hirtin im Reifrock, der die Liebe eines violetten Schäfers gilt. Eine Schöne wendet Notenblätter und neigt sich dem Buhlen zu nahe, dessen rastlose Finger auf imaginärem Instrument einschmeichelnde Weisen spielen. Wissende Träumer, liebliche, sich selbst belächelnde Musik ... Allzurasch zerstiebt der Zauber vor den fröhlichen Klängen der Gavotte.

»Schade!« seufzt Claudine.

Steife Paare in schimmernder Seide ziehen vorüber, drehen sich, grüßen. Als letzte Marquise, in gleißendem Silber, am Arm eines himmelblauen Marquis, erscheint Marthe, von einem Raunen der Bewunderung begrüßt. Ich erkenne sie kaum.

Der Wille, schön zu sein, verklärt ihre Züge. Da und dort leuchtet das rote Haar hervor, schlecht verlöschtes Feuer unter der Asche weißen Puders, die blitzenden Augen wirken im Widerschein der Schminke heller, die Brüste, entblößt bis zum Exzeß, gleichen reifen Äpfeln. Ernsthaft pirouettiert sie auf gefährlich hohen, bleistiftdünnen Stöckeln, versinkt in Knicksen, hebt das gepuderte Händchen und schleudert – o anarchistische Ninon! – ihre gefährlichsten Blicke ins Publikum. Weder wahrhaft schön noch anmutig, überstrahlt Marthe die hübschesten Mädchen an ihrer Seite.

Sie *wollte* die Schönste sein ... Nähme ich mir etwas Derartiges vor ... arme Annie! Die prunkvoll-traurige Musik höhnt, beklemmt dich bis zu Tränen. Und dennoch versagst du dir jegliche Rührung in Gedanken an das grausame, sprungbereite Licht, an Claudines wissenden Blick ...

»Meine liebste Annie,

Ihr Brief erreichte mich knapp vor der Einschiffung. Sie dürfen daher für die Kürze meiner Antwort nur die Hast der Abreise verantwortlich machen. Ich freue mich, Sie so tapfer und alldem verbunden zu wissen, was das Leben einer makellosen Frau unserer Kreise ausmacht: Ihrem Gatten, Ihrer Familie, Ihrer schönen, wohlgeordneten Häuslichkeit.

Ja, Annie, ich glaube Ihnen aus der Ferne jenes Lob zollen zu sollen, zu müssen, das ich in Ihrer Nähe unausgesprochen lasse. Danken Sie mir nicht, bewundere ich doch in gewissem Sinne mein eigenes Werk: ein liebenswertes Kind, nach und nach und ohne allzu große Mühe zur untadeligen Gattin, zur vollkommenen Hausfrau geformt.

Das Wetter ist herrlich. Wir können mit einer ausgezeichneten Überfahrt rechnen. Sie dürfen daher hoffen, daß sich bis Buenos Aires keinerlei unvorhergesehene Zwischenfälle ereignen werden. Meine Gesundheit kennen Sie, wissen, daß ich Hitze zu ertragen weiß. Seien Sie daher nicht besorgt, wenn meine Briefe selten und unregelmäßig eintreffen sollten. Auch ich werde mich dazu zwingen, Ihre Briefe – und soviel sie mir auch bedeuten – nicht allzu ungeduldig zu erwarten.

Ich küsse Sie, meine liebste Annie, mit meiner ganzen unerschütterlichen Zuneigung. Ich weiß, Sie werden meine feierliche Ausdrucksweise nicht belächeln: dem Gefühl, das mich an Sie bindet, ist jede Frivolität fremd.

Ihr Alain SAMZUN.«

Mühsam las ich seinen Brief, den Zeigefinger an die hämmernde Schläfe gepreßt: ich leide unter jener fürchterlichen Migräne, die mich – beinahe schon regelmäßig – zur Verzweiflung treibt, lausche mit zusammengebissenen Zähnen und geschlossenen Augen dem unbarmherzigen Hammer, der in meinem armen Hirn wütet ... Bei jedem Schlag erzittern meine Lider. Das Tageslicht schmerzt. Im Dunkel glaube ich zu ersticken.

Früher, als ich noch bei Großmutter wohnte, atmete ich

in solchen Augenblicken Äther bis zu völliger Fühllosigkeit. Doch in den ersten Monaten unserer Ehe fand mich Alain eines Tages auf meinem Bett, halb bewußtlos, die Ätherflasche in der Hand. Er verbot mir auf das strengste, dieses Mittel jemals wieder anzuwenden. Sehr ernst, sehr klar sprach er über die Gefahren des Äthers, seinen Abscheu für solche »Hausmittel hysterischer Weiber«, die Harmlosigkeit der Migräne. »Alle Frauen haben dann und wann Kopfschmerzen.« Seither leide ich mit größtmöglicher Geduld und beschränke mich – ohne Erfolg – auf heiße Kompressen und Hydrotherapie.

Heute jedoch peinigt mich solch schneidender Schmerz, daß ich am liebsten in Tränen ausbräche, daß es mich beim Anblick gewisser weißer Gegenstände – Papier, lackierter Tisch, Laken des aufgeschlagenen Betts, auf dem ich mich ausstreckte – in der Kehle würgt, während sich jene fürchterliche Übelkeit meiner bemächtigt, die ich von weitem erkenne ... Alains Brief – sehnlichst erwartet – dünkt mich farblos und kalt ... Wie schlimm muß es um mich stehen! Ich werde ihn noch einmal lesen, wenn mir besser ist ...

Léonie tritt ein, auffällig bemüht, leise zu sein: sie öffnet die Türe behutsam und schließt sie mit einem Knall. Die Absicht zumindest ist lobenswert.

»Madame hat noch immer Schmerzen?«

»Ja, Léonie ...«

»Warum nimmt Madame nicht –«

»Ein Glas Cognac? Nein, danke.«

»Nein, Madame – ein wenig Äther.«

»Monsieur hat's verboten, Léonie. Äther hilft mir nicht.«

»Monsieur hat Madame eingeredet, daß es Madame schaden könnte. Aber die Schmerzen einer Frau kann kein Mann beurteilen! Wenn ich Kopfweh habe, nehme ich immer Äther.«

»Ah ... Sie haben welchen?«

»Eine ganz neue Flasche. Ich bringe sie sofort.«

Der starke, göttliche Geruch löst meine Verkrampfung. Ich strecke mich auf mein Bett, presse die Flasche ans Gesicht, weine Tränen der Schwäche und des Behagens. Langsam entfernt sich der böse Schmied ... Nur ein diskreter Finger klopft noch an meine Schläfe, weich, kaum hörbar. Ich atme tief, so tief, daß meine Kehle süß schmeckt ... Meine Handgelenke werden schwer.

Träume flirren vorbei, durchquert von einem hellen Strich: dem Lichtstreifen, der meine halbgeschlossenen Lider durchdringt. Ich sehe Alain im Tennisdreß, einem weißen, von seinem Körper rosig getönten Trikot, das er vor acht Jahren zu tragen pflegte ... Ich selbst bin die junge Annie von damals, mit schwerem, in weicher Locke endendem Zopf. Ich berühre das rosenfarbene Trikot: es erregt mich, als sei es lebendige Haut. Ich sage mir verworren, daß Alain ein kleiner Junge, daß alles unwichtig, unwichtig, unwichtig ist ... Er läßt es bebend geschehen, senkt lange schwarze Wimpern auf glühende Wangen ... Annies Wimpern ... Wie samten fühlt sich seine Haut an ... Unwichtig, unwichtig, unwichtig ...

Ein Tennisball trifft meine Schläfe, hart, schmerzhaft. Ich fange ihn im Flug: er ist weiß und warm. Eine Stimme näselt dicht an meinem Ohr: »Das ist ein Hahnenei.« Ich bin nicht überrascht. Alain ist ja ein Hahn, ein roter Hahn, einer von jenen Hähnen, die man auf dem Grund mancher Fayenceteller findet. Mit hochmütigem Fuß kratzt er das Porzellan – es kreischt zum Wahnsinnigwerden – und kräht: »Ich, ich, ich ...« Was sagt er? Ich verstehe es nicht ... Der graublaue Lichtstrahl schneidet ihn entzwei wie eine Ordensschärpe den Staatspräsidenten, dann wird es Nacht ... Köstlicher Tod, langsamer Fall, beflügelt von schweren Schwingen ...

Eine böse Tat, Annie, eine böse Tat! Anders kann man's nicht nennen! Du hast Alain bewußt zuwidergehandelt. Er hat recht, dir diesen Äther zu verbieten, der dich unzurechnungsfähig macht ... Zwei Stunden später sitze ich an meinem Frisiertisch, allein mit meinem Spiegelbild, glätte und ordne mein aufgelöstes Haar und tadle mich in aller Demut. Mein Kopf ist leicht, leer und licht. Nur die umschatteten Augen, der farblose Mund, die Appetitlosigkeit ungeachtet zwölfstündigen Fastens zeugen von meinen Ausschweifungen, den Nachwirkungen des geliebten Gifts. Pfui Teufel! Kalter, abgestandener Äthergeruch nistet in den Vorhängen. Ich brauche Luft, Licht, Vergessen ... wenn es möglich ist ...

Das Fenster – mein Schlafzimmer liegt im zweiten Stock – öffnet sich auf einen engen, traurigen Hof. Ein stämmiger Stallknecht in kariertem Hemd striegelt Alains Pferd. Auf dem Pflaster sitzt ein schwarzer Bulli. Beim Geräusch des Fensterriegels hebt er die viereckige Schnauze ... Bist du's, armer Toby! Du, der Geschmähte, Verbannte! Er springt auf, klein und dunkel, und wedelt mit dem Rest seines gestutzten Schweifs.

»Toby! Toby!«

Er springt in die Luft, pfeift, stöhnt. Ich beuge mich zum Fenster hinaus: »Charles, schicken Sie mir bitte Toby über die Hinterstiege.«

Toby versteht früher als er und schnellt der Türe zu. Eine Minute später windet er sich zu meinen Füßen, irr vor Zärtlichkeit und Demut, Augen und Zunge weit hervorquellend ...

Ein Jahr mag es hersein, daß ich ihn einem Stallknecht Jacques Delavalises abkaufte, weil er mir so gut gefiel: ein schöner, kleiner, acht Monate alter Bulli, ungestutzt, nasenlos, mit Ohren wie Flügelhörner und klaren, scheuen Augen. Furchtsam und stolz brachte ich ihn nach Hause. Alain betrachtete den Hund mit Kennerblick, ohne Mißbilligung.

»Hundert Francs, sagen Sie? Das ist nicht teuer. Der Kutscher wird froh sein. Die Rattenplage im Stall wird immer ärger.«

»Im Stall? Aber ich habe ihn nicht für den Stall gekauft ... Er ist hübsch, Alain, ich möchte ihn gern behalten ...«

Achselzuckend:

»Behalten? Einen Stallhund in einem Salon Louis' XV., nicht wahr? Oder auf den Spitzen Ihres Betts? Wenn Sie sich einen Hund wünschen, liebes Kind, werde ich Ihnen einen seidigen kleinen Pekinesen kaufen, oder einen großen Windhund ... Die Windhunde passen zu jedem Stil.«

Er läutete, wies auf meinen armen schwarzen Toby, der fröhlich an einer Fauteuilquaste kaute, und bedeutete Jules:

»Bringen Sie diesen Hund dem Kutscher. Charles soll ihm ein Halsband kaufen, ihn sauberhalten und mir sagen, ob er Ratten jagt. Der Hund heißt Toby.«

Seither bemerkte ich Toby nur mehr durchs Fenster, sah, wie er litt und an mich dachte: wir hatten uns auf den ersten Blick geliebt.

Eines Tages behielt ich ein paar Taubenknöchelchen zurück und trug sie ihm in den Hof hinunter, furchtsam und verstohlen, kam traurig wieder herauf und glaubte meinen Kummer zu verscheuchen, indem ich Alain meine Schwäche gestand. Er schalt mich kaum.

»Sie sind ein großes Kind, Annie! Wenn Sie wollen, werde ich Charles anweisen, den Bulli unter dem Sitz mitzunehmen, wenn Sie ausfahren. Daß ich Toby jedoch niemals in der Wohnung begegne, nicht wahr? Das möchte ich mir ausgebeten haben.«

Wollte ich mich heute jeglicher Sorge – jeglicher Gewissensbisse, um ehrlich zu sein – entladen, würde es mir nicht mehr genügen, Alain Tobys Gegenwart in meinem Schlafzimmer zu gestehen ... Was mich noch vor einer Woche zittern gemacht hätte, dünkt mich heute, nach meinem köstlich-schuldigen Ätherrausch, eine Lappalie.

Schlaf auf dem grauen Rosenteppich, schwarzer Toby, schlaf keuchend, mit überglücklichem Hundeherzen: du kehrst nicht in den Stall zurück.

Arriège. Orangenblüten- und Schwefelgeruch strömt durch mein offenes Fenster. »Der typische Arriègeduft«, erklärt freundlicherweise der Hoteldiener, der mein Gepäck heraufbefördert. Dacht' ich's doch. Marthe schwört, daß man sich binnen achtundvierzig Stunden daran gewöhnt. An den Duft der Orangenbäume – vor dem Hotel steht eine ganze Allee in Blüte – gewiß. Aber an den Schwefelgestank, der sich als klebriger Dunst an die Haut heftet – pfui Teufel!

Ich stütze mich aufs Fensterbrett, schon niedergeschlagen, während Léonie, die in ihrer Reisepelerine aussieht wie ein Gendarm in Zivil, den Deckel meines großen Strohkoffers zurückschlägt und die Silberflakons meines Toilettennecessaires aufstellt wie zur Parade.

Was soll ich hier? In Paris, meinem gelben Zimmer, beim Bildnis Alains fühlte ich mich minder allein, minder verlassen als in diesen kahlen, rosagekalkten Mauern ... Argwöhnisch inspiziere ich die müde Matratze des Kupferbetts. Der Waschtisch ist zu klein. Den Schreibtisch werde ich als Coiffeuse, das Falttischchen als Schreibpult verwenden ... Einige charakterlose Fauteuils. Ein paar Schleiflacksessel. Wie viele Tage muß ich in dieser Umgebung verbringen? Das kommt darauf an ... hat Marthe gesagt.

Worauf? Diese Frage wagte ich nicht zu stellen.

Jenseits des fliesenbelegten Gangs spricht meine Schwägerin. Ich höre ihre durchdringende Stimme, dann und wann unterbrochen von dumpfen, unverständlichen Worten Léons. Meine Glieder werden schwer, ich gebe meiner Müdigkeit nach, verkrieche mich in mich selbst, tiefer und tiefer, entfliehe Arriège, Marthe, Alain, der lästigen Zukunft, der verrinnenden Zeit ...

»Gehen wir, Annie?«

»Marthe! Du hast mich erschreckt ... Ich bin noch nicht fertig.«

»Was treibst du denn, guter Gott? Weder gewaschen noch frisiert?! Um alles in der Welt, fang nicht an, das Zentnergewicht zu spielen!«

Meine Schwägerin, blühend, rosig und geschminkt, ist herausstaffiert, als ginge sie zum Fünf-Uhr-Tee bei »Fritz« – die elfstündige Bahnfahrt ist ihr nicht anzumerken –, und erklärt, sie wolle in den Park, zum Kurkonzert.

»Ich werd' mich beeilen. Und Léon?«

»Wäscht seinen Götterleib. Los, Annie, mach weiter! Worauf wartest du?«

Ich zaudere, in Korsett und Unterrock, zögere, mich vor Marthe vollends zu entkleiden. Sie betrachtet mich, als sei ich ein kurioses Tier.

»O Annie, heilige Annie, albernstes aller Geschöpfe! Keine Angst, ich dreh' mich um. Du kannst deine Reize furchtlos striegeln.«

Sie geht zum Fenster. Aber selbst das Zimmer setzt mich in Verlegenheit. Ich sehe mich im Spiegel, braun und lang wie eine Dattel ... Marthe fährt herum, schamlos, jäh: mit einem Aufschrei presse ich die Hände an meine nassen Hüften, winde mich, flehe ... Sie scheint nicht zu hören, zückt ihr Lorgnon und betrachtet mich neugierig:

»Komisches Geschöpf! Du stammst nicht von hier ... schaust aus wie eine ägyptische Mosaikfigur ... oder eine stehende Schlange ... oder ein schlanker Tonkrug ... Toll! Annie, du wirst mir nie den Gedanken austreiben, daß sich deine Mutter mit einem ägyptischen Eseltreiber vergessen hat.«

»Marthe, um alles in der Welt! Du weißt, wie sehr mir derartige Scherze mißfallen ...«

»Jawohl. Nimm dein Hemd, dumme Gans! Sich in deinem Alter aufzuführen wie eine Pensionatsschülerin! Ich ginge splitternackt auf die Straße, wenn's modern wäre. Daß man sein Bestes auch immer verstecken muß!«

»Wirklich? Madame Chessenet würde dir kaum beipflichten ...«

»Wer weiß. (Du magst sie nicht? Das amüsiert mich.) Sie trägt sicher einen Busen letzter Schrei: die Zipfel bis zu den Knien.«

Marthes Geschwätz reißt mich aus meiner Trägheit, verscheucht mein dummes Schamgefühl. Außerdem hat sie die Gabe, sich fast alles vergeben zu lassen ...

Sie beugt sich aus dem Fenster und berichtet, was sich unten abspielt. Inzwischen knüpfe ich meinen weißen Tüllschal. »Léon sucht uns wie ein verlorener Pudel. Er glaubt, wir sind beim Kurkonzert ... Gott sei Dank.«

»Warum?«

»Warum? Weil er mich langweilt, meine Teure. Ferner sehe ich eine reizende Dame, ganz in Spitzen und mit einem Gesicht wie ein alter Apfel ... Ferner die idiotischen Rücken einiger Herren, deren Panamahüte aussehen wie sitzengebliebene Windbäckerei ... Ferner – Ah!«

»Was ist?«

Marthe hustet hörbar. »So ein Zufall! Jawohl, jawohl, wir sind's! Nur herauf!«

»Bist du verrückt, Marthe? Alle Leute schauen dich an ... Mit wem sprichst du?«

»Mit der kleinen van Langendonck.«

»Calliope?«

»Höchstpersönlich.«

»Sie ist hier?«

»Wahrscheinlich! Sonst würde ich kaum mit ihr sprechen!«

Ich runzle die Stirn. Wieder eine Bekanntschaft, die Alain gern gelöst sähe und in weitem Abstand hält. Nicht, daß diese kleine Zypriotin – die Witwe eines Belgiers – ebensoviel von sich reden machte wie zum Beispiel eine Chessenet. Allein, mein Gatte macht ihr eine gewisse übertriebene, aufdringlich-sinnliche Schönheit zum Vorwurf, die er nicht »comme il faut« findet. Ich wußte nicht, daß Abstufungen der Schicklichkeit auch für die Schönheit zuträfen ... Alain jedoch ist davon überzeugt.

Calliope, genannt »die Göttin mit den Samtaugen«, von elegantem Stoffgeraschel angekündigt, hält einen theatralischen Einzug, überschüttet Marthe mit Küssen, Komplimenten, wogenden Spitzen, Blicken, die zwischen den blitzenden, lanzengleich bewehrten Lidern hindurchfunkeln wie kostbare Steine – und stürzt sich auf mich. Beschämt, ihre Zärtlichkeitsbezeigungen nicht erwidern zu können, biete ich ihr einen Fauteuil an. Marthe spickt sie mit Fragen: »Calliope, welchen glücklichen Herzbuben haben Sie heuer im Gepäck?«

»Was ist ein Herzbube ... Ah so ... Kein Bube ... Ich ganz allein.«

Sie wiederholt oft, was man sie fragt, mit einer verspielten Art, die Worte zu übersetzen und sich dabei selbst zuzuhören. Koketterie? List? Will sie Zeit gewinnen, sich eine Antwort zurechtzulegen?

Ich entsinne mich, daß sie vorigen Winter Griechisch, Italienisch, Französisch und Englisch durcheinandermischte, mit einer Naivität, die zu vollendet war, um echt zu wirken. Claudine, deren Erheiterung über Calliope keine Grenzen kennt, bezeichnet ihre Redeweise als »Babelismus«. Ich bin sicher, daß ihr perfektes Kauderwelsch vielen als zusätzlicher Reiz erscheint. »Allein? Erzählen Sie das einem andern!«

»Doch, wirklich! Man muß zwei Monate in anno Kur machen, zum Schönbleiben.«

»Bis jetzt scheint's zu wirken, nicht wahr, Annie?«

»Oh! Ja. Sie sehen bezaubernd aus, Calliope. Das Wasser von Arriège tut Ihnen gut, nicht wahr?«

»Wasser? Ich trinken never – niemals –«

»Warum sind Sie dann –«

»Weil die Seehöhe hier ist ausgezeichnet und weil ich Leute treffe, die ich kenne, und weil ich kann sparsame Kleider anziehen.«

»Bewundernswerte Frau! Der Schwefel ist aber gut für die Haut –«

»Nein, nein, Schwefel ist kakon, schlecht für Haut. Ich pflege Haut mit türkische Spezialrezept.«

»Rasch, her damit! Ich sterbe vor Ungeduld, und Annie ist schon ganz Ohr!«

Calliope, die ihre »Artikel« auf der Insel Zypern zurückgelassen hat, streckt mit Professorengeste zwei edelsteinfunkelnde Hände aus:

»Sie müssen nehmen ... alte Gewürznelken und geben in avgothiki – Eierbecher ... und Sie drücken darauf ganze Zitrone. Am nächsten Tag sie ist Teig ...«

»Wer, sie?«

»Nelken und Zitrone. Sie streichen das auf Gesicht und sind weißer, weißer als ...«

»Schon gut, Calliope, schon gut! Geben Sie sich keine Mühe!«

»Ich kann ancora geben Rezept für Fleckwegputzen!«

»Danke, danke! Nicht alles an einem Tag! Seit wann sind Sie hier?«

»Seit ... ein, due, three ... sieben Tage! Ich bin so glücklich, Sie zu sehen. Ich werde Sie nicht mehr verlassen! Wie Sie mich da haben plötzlich gerufen durch die window – Fenster, ich habe gekriegt spavento und lassen fallen meine Schirm!«

Ich bin entwaffnet. Dieses Kauderwelsch brächte selbst Alain zum Lachen ... Nun, kann mir diese leichtfertige junge Dame die trägen Stunden meiner »Saison« verkürzen, werde ich sie mit Vergnügen treffen, sooft sie will – hier in Arriège.

Warum schleppte mich Marthe zu diesem Kurkonzert? Quälende Migräne und das fast körperliche Gefühl, auf meiner Haut die Spuren unzähliger Blicke zu tragen, sind mein Lohn. Die Herren Kurgäste haben uns mit Kannibalenblick gemustert und verschlungen ... Oh, ich ahne bereits die Klatschgeschichten, die diese untätigen, von krankhafter Langeweile gezeichneten Schnüffler in Umlauf setzen werden. Zum Glück bemerkte ich nur wenige bekannte Gesichter. Renaud und Claudine kommen in drei Tagen. Ihr Appartement ist reserviert.

Wie düster dünkt mich mein Zimmer, wie grau und traurig! Grelles elektrisches Licht fällt auf das leere, tote Bett ... Ich bin allein, allein, allein, so allein, daß ich am liebsten zu weinen begänne, daß ich Léonie zurückhalte, mit dem Ersuchen, mein Haar zu lösen ... Wenigstens eine vertraute Gegenwart! ... Komm, schwarzer Toby, kleiner warmer Hund, der du alles an mir liebst, selbst meinen Schatten, komm, schlaf zu meinen Füßen, fiebrig von der langen Reise, durchbebt von bösen, leicht deutbaren Träumen ... Bangst du, daß man uns aufs neue voneinander trennt?

Fürchte nichts, Toby! Der strenge Herr schläft auf dem farblosen Wasser. Oh, die Stunden seiner Ruhe sind ebenso wohlgeregelt wie die seines Tagewerks ... Er zieht seine Präzisionsuhr auf. Dann streckt er seinen großen weißen Körper auf die Laken, kalt von der eisigen Dusche ... Denkt er an Annie? Wird er des Nachts erwachen, in tiefem, von seinen geweiteten Pupillen mit goldenen Halbmonden und Kränzen roter Rosen bevölkertem Dunkel? Wie, wenn er mich jetzt riefe, in diesem Augenblick, wenn er seine stille fügsame Annie suchte, den Rosen- und Nelkenduft ihres Körpers, mit dem qualvoll-verlangenden Lächeln eines Alain, den ich nur im Traum sah und besaß ...

Doch nein. Ich empfände es, über Ferne und Meer.

Schlafenszeit, kleiner schwarzer Hund. Marthe spielt Bakkarat.

»Mein lieber Alain!

Mit der Zeit gewöhne ich mich an das Leben im Hotel, dank einer Willensanstrengung, die Sie mir, wie ich hoffe, zugute halten werden! Was mich betrifft, so schreibe ich jeden neuen Sieg über meine Schlaffheit Ihnen zu.

Wäre ich ein richtiger Kurgast, verginge mir die Zeit viel schneller. Marthe zum Beispiel, wacker wie stets, unterwirft sich einer sehr anstrengenden Behandlung; Duschen und Massage. Léon macht eine Trinkkur. Ich sehe zu.

Wir haben Madame van Langendonck getroffen. Sie ist allein. Glauben Sie mir, liebster Alain, daß ich diese Begegnung nicht suchte. Marthe empfing Madame van Langendonck sehr freundlich und versichert, daß derartige Kurortbekanntschaften in Paris ohne Schwierigkeiten wieder abgebrochen werden können. Ich hoffe, Sie somit über die Oberflächlichkeit unserer Beziehungen zu Madame van

Langendonck beruhigt zu haben ... Außerdem wohnt sie im Hotel du Casino, während wir im Grand Hotel abgestiegen sind.

Claudine und Renaud werden in einigen Tagen eintreffen. Ich halte es für unmöglich, ihnen auszuweichen. Außerdem finden Sie ja den Gatten akzeptabel, sofern ich mich nicht irre: er hat die ganze Welt bereist. Was seine Frau betrifft, so werden wir uns bemühen, das Richtige zu tun. Das heißt, ich verlasse mich voll und ganz auf Marthe, die Ihnen in solchen Dingen ein feines Unterscheidungsvermögen verdankt.

Sie haben mir verboten, liebster Alain, Sie mit meiner ebenso gutgemeinten wie unerwünschten Fürsorge zu behelligen. Daher will ich Ihnen unser Leben schildern: wir stehen um dreiviertel sieben auf und sitzen bereits um sieben in der Milchtrinkhalle, vor einem Glas schäumender, kuhwarmer Milch. Wir trinken sie langsam, in kleinen Schlucken und sehen zu, wie der Morgennebel verdampft.

Warum wir so zeitig frühstücken? Weil um zehn bereits die erste Dusche angesetzt ist. Man trinkt Milch, ohne vorher Toilette zu machen – eine Gepflogenheit, die sich nicht bei allen Frauen gut auswirkt. Marthe jedoch besteht diese Probe auf bewundernswerte Weise: sie erscheint in rüschenbesetzten Häubchen und duftig-weißen Batist- und Musselinkleidern, die ihr reizend stehen.

Ihre Annie zeigt sich weniger einfallsreich: meistens kommt sie in einfachem Rock und weicher Seidenbluse, und die Abwesenheit jeglichen Korsetts läßt ihre Taille kaum minder schlank erscheinen. Mein Zopf, den ich erst später löse, wird aufgesteckt, ein hoher, glockenförmiger Strohhut darübergestülpt ... ein Aufzug, wie Sie sehen, den man kaum sensationell nennen kann ...

Zwei Tassen Milch, zwei Stück Gebäck. Dann ein Spaziergang durch den Park, Rückkehr ins Hotel zu Post und Toilette. Um zehn Uhr – Dusche. Marthe verschwindet. Ich bleibe bis zum Mittag mir selbst überlassen, gehe spazieren, lese, schreibe Ihnen, suche mir Ihr Leben zu vergegenwärtigen, Ihre Kabine, den Salzgeruch des Meers, das Stampfen des Schiffs ...

Adieu, liebster Alain, achten Sie gut auf sich und Ihre Liebe zu

ANNIE.«

Mehr weiß ich nicht zu sagen? Wohl an die zwanzigmal stockte meine Feder, gehemmt von einer gewissen Unbeholfenheit ... Welch böser Dämon unterschiebt mir dieses Wort anstelle des richtigen, das »Ehrlichkeit« hieße?

Aber durfte ich die Wahrheit schreiben? Selbst aus der Ferne scheue ich den Zorn meines Gatten. Erführe er, daß ich Seite an Seite mit Calliope lebe, mit Maugis, der vor acht Tagen ankam und uns seither kaum verließ ...

Für morgen ist Claudine angesagt, samt Gatten ...

Feige tröste ich mich mit dem Gedanken, daß mir ein einziges Geständnis bei Alains Rückkehr nur eine einzige Strafpredigt eintragen wird. Und warum sollte ich sie fürchten? Hat doch mein Gatte Calliope nicht gesehen, noch das »galante Negligé«, in dem sie zur Morgenmilch erscheint ... Es besteht aus Fransen, Rüschen und zahlreichen Capes, die erstaunliche Durchblicke auf die weiche, goldbraune Haut gestatten, verzichtet selten auf die gewagte Mantilla, das ungekämmte Haar zu verdecken, und macht seinem Namen solche Ehre, daß ich den Blick abwende, wenn ich mit ihr spreche. Gestern hingegen erschien sie in bodenlangem silbergrauen Morgenrock, eingemummt von Kopf bis Fuß, so prüde und »comme il faut«, daß ich staunte. Panamahüte und karierte Sportmützen in unserer näheren Umgebung äugten bedauernd nach einem Zipfel der schimmernden Bernsteinhaut.

Ich beglückwünschte sie zu ihrem korrekten Aufzug. Sie brach in lärmendes Gelächter aus und rief:

»Was soll ich denn tun? Ich habe darunter kein Hemd an!«

Ich glaubte in den Erdboden zu versinken. Panamahüte und Schirmmützen neigten sich ihr wieder zu, mit der automatenhaften Bewegung grüßender Marionetten ...

Zum Glück ist Calliope allein. Allein? Hm! Zuweilen, wenn ich an ihrer Seite gehe, begegnen wir distinguierten Herren, die sich mit solch übertriebener Diskretion, solch vollendeter Gleichgültigkeit abwenden ... Calliope schreitet achtlos an ihnen vorüber, schlank und steif in knapp sitzendem Kleid, mit einem Augenaufschlag, der an das blitzschnelle Entfalten eines Fächers gemahnt. Oh, sie versuchte vergebens, ihn mir beizubringen.

Um zehn, wenn alles zur Dusche geht, unterhalten wir uns miteinander in der verödeten Milchtrinkhalle. Manchmal gesellt sich Léon zu uns. Er scheint recht niedergeschlagen zu sein, obwohl er seit neuestem kühne Krawatten und grellfarbene Westen trägt, die gut zu seinem matten Teint passen. Alle Viertelstunden steht er auf und geht, seine vier Glas Schwefelwasser zu trinken. Außerdem versucht er, der schönen Calliope Vorträge über Literatur zu halten. Umsonst. Zu meiner großen Überraschung quittiert sie seine Avancen mit unverhüllter Verachtung und einem hoheitsvollen kalten Blick aus ihren blauen Augen, der zu sagen scheint: »Was will der Sklave?«

Und dann ist da noch ... Marthe. Selbst hier zögere ich. Dieser Maugis folgt ihr auf den Fersen. Sie erträgt seine Gegenwart, als sei sie sich dessen nicht bewußt. Ich kann's nicht glauben. Marthes funkelnde graue Augen sehen alles, hören alles, erraten die Gedanken hinter der Stirn, die sie durchbohrend betrachten. Wieso entreißt sie ihre weiche kleine Hand nicht den Lippen dieses Kerls, die ihr zweimal täglich über Gebühr »Guten Tag!« und »Auf Wiedersehen!« sagen?!

Maugis schwitzt Alkohol. Zugegeben, unter seinem Geblödel ist er intelligent, ja sogar gebildet; er ficht, sagt Alain, mit bedrohlich lockerem Handgelenk, das übermäßiger Absinthgenuß noch nicht zittern macht ... aber trotzdem! Pfui Teufel!

Sie amüsiert sich, will ich hoffen, kokettiert um des Vergnügens willen, zu sehen, wie die Fischaugen ihres Verehrers bei ihrem Anblick blutunterlaufen und zärtlich werden. Sie amüsiert sich ...

Eben habe ich Marthes Dusche beigewohnt – ich zittere noch jetzt –, in einer abscheulichen, triefenden, von Wasser- und Schwefeldampf vernebelten Fichtenholzkabine. Die Behandlung – eine Kombination aus Massage und Dusche – dünkt mich namenlose Folter: eins, zwei, drei – und Marthe ist nackt. Ich zwinkere vor so viel Weiße, so viel Unbekümmertheit. Marthe ist weiß wie Alain, unten jedoch rosiger. Ohne Scheu, ohne den leisesten Schauer des Unbehagens wendet sie mir ihr keckes, von tiefen Grübchen gezeichnetes Hinterteil zu, bindet eine abscheuliche Gummihaube um die Schläfen – sie sieht damit aus wie ein Fischweib – und fährt herum.

Betroffen sehe ich die Veränderung dieses hübschen, seines wolkigen Haars beraubten Frauenkopfs: Augen, scharf bis zum Wahnsinn, kurze, festgefügte Kinnladen, der Brauenbogen gewöhnlich und brutal ... Vergebens suche ich in dieser Megäre die Frau, die ich kenne. Ihr lachendes angsterregendes Gesicht schwebt über einem zierlichen, molligen Körper, der mich fast zu feminin dünkt: ein Überfluß barocker Ornamente ...

»Annie! Was ist los? Schläfst du im Stehen?«

»Nein! Aber ich habe genug! Diese Kabine ... diese Haube ...«

»Was sagen Sie zu meiner tapferen Schwägerin, Catherine? Sollen wir ihr eine ordentliche Dusche verpassen – aus dem großen Schlauch?«

Böses ahnend, betrachte ich das geschlechtslose Wesen in Wachsschürze und Holzschlappen, dessen breites Lächeln blutrotes Zahnfleisch entblößt.

»Wenn sich Madame niederlegen will ... Die Viertelstunde hat schon angefangen.«

»Bin schon da.«

Mit einem Sprung steigt Marthe in eine Art offenen, schräg gestellten Sarg, den ich zuerst nicht gesehen hatte, streckt sich darin aus und legt die Hände auf die Brüste, sie vor dem allzu harten Aufprall zu schützen. Das Licht fällt auf die Adern ihrer Haut, zeichnet die zarten Falten nach, läßt jäh das rote Gold aufleuchten, das auf ihr wogt. Ich erröte in meinem dunklen Winkel ... Nie hätte ich Marthe für so behaart gehalten ... Und da ich bedenke, daß auf Alains Körper derselbe Überfluß kupferroten Goldes schäumt, errötete ich noch mehr ... Marthe schließt die Augen und wartet mit zitternden Ellbogen. Das geschlechtslose Wesen packt zwei große Gummischläuche, die von der Decke herabhängen, und zielt auf Marthe ...

Durchdringende Schreie, lautes Flehen. Unter dem kalten Strahl – er ist dicker als mein Handgelenk –, der mit aller Gewalt auf sie niederstürzt und ihren Körper von Brust bis Fuß knetet, windet sich Marthe wie eine zerstückelte Raupe, schluchzt, knirscht, keift und seufzt, um gleich darauf vom heißen Strahl besänftigt und getröstet zu werden.

Das Mannweib duscht mit der einen, schlägt mit der anderen Hand, klatscht mit aller Kraft auf diesen zarten Körper, den alsbald brennende Röte überzieht.

Fünf Minuten dauert diese Marter. Dann wird meine Schwägerin in einen großen weißen Bademantel gewickelt und trockenfrottiert, und schon betrachtet mich eine keuchende Marthe, befreit vom gräßlichen Kopftuch, helle Tränen in den Augenwinkeln.

Mit erstickter Stimme frage ich, ob die Prozedur jeden Morgen dieselbe sei.

»Jawohl, mein Kleines! Jeden Morgen! Claudine sagte voriges Jahr: ›Das und das Erdbeben ... etwas Besseres für die Blutzirkulation hat man noch nicht erfunden!‹«

»Oh! Marthe! Wie furchtbar! Dieser Wasserstrahl, der dich so sehr schmerzt, daß du laut weinst und schluchzt ... Wie abscheulich!«

Halb angezogen, wendet sie sich mir zu – noch beben ihre Nasenflügel –, mit seltsamem, fast unmerklichem Lächeln:

»So? Ich finde nicht.«

Die Mahlzeiten sind mir eine erneute Pein. Wir haben die Wahl zwischen zwei Restaurants, die beide der Casinogesellschaft gehören. (Die Hotels dieses Badeorts, der aus Casino, Kuranstalt und vier großen Gasthöfen besteht, führen keine Küche.) Die Speiseräume, die man zu festgesetzten Stunden aufsucht, wie Internatsschüler oder Zuchthäusler, genügen, um mir den Appetit zu verderben. Um die Mittagszeit brät man unter der heißen Gebirgssonne. Ich erwog bereits, mir das Essen im Zimmer servieren zu lassen, ließ diesen Gedanken aber wieder fallen: man brächte mir dann die Speisen lauwarm. Außerdem wäre es rücksichtslos gegen Marthe, der die Mahlzeiten Gelegenheit bieten, Leute auszurichten ... Annie! Du sprichst schon genau wie sie ...

Calliope ißt an unserem Tisch, Maugis desgleichen. Ich ertrage seine Gegenwart nur mit Mühe. Marthe nimmt sich seiner an, tut, als interessiere sie sich für seine kritischen Arbeiten, bettelt befehlend um einen Artikel über »Ein Herzensdrama«, die letzte Schöpfung meines Schwagers, in der Hoffnung, dadurch eine Verkaufssteigerung sowie die Weckung des Interesses lesehungriger Kurgäste zu erzielen ...

Léon verschlingt zähe Koteletts mit dem Heißhunger eines blutarmen Menschen und läßt nicht von Calliope, die ihn nach wie vor zu seinen sechzig Zeilen jagt, mit der Verachtung einer Königstochter für einen Schreiberling. Ich muß gestehen, daß ich nunmehr diejenige bin, die ihre Gesellschaft sucht. Calliope erzählt ihre Lebensgeschichte mit verhinderter Zungenfertigkeit, fischt aus einer beliebigen Sprache das Wort, das ihr gerade fehlt, und ich lausche dem chaotischen Bericht ihrer Erlebnisse wie bunten, zauberischen Märchen.

Besonders während Marthes Dusche, der Stunde allgemeiner Vereinsamung, vergesse ich über ihren Erzählungen mich selbst und meinen Kummer. In einen Korbfauteuil geschmiegt, sitze ich ihr in der Milchtrinkhalle gegenüber und bewundere, während sie spricht, ihre raffiniert-aufgelöste Schönheit.

»Wie ich war klein«, sagt Calliope, »ich war sehr schön.«

»Warum ›war‹?«

»Weil ich jetzt bin weniger. Die Alte, die hat gewaschen Wäsche bei uns daheim, hat mir immer in Gesicht gespuckt.«

»Oh! Wie abscheulich! Und Ihre Eltern haben sie nicht hinausgeworfen?«

Der schöne blaue Blick Calliopes straft mich mit Verachtung:

»Hinausgeworfen? Bei uns die alten Weiber müssen spukken auf hübsche Kleine und sagen: Ftu! Ftu! So sie bleiben schön und sind geschützt gegen böse Blick. Ich bin auch kallista, weil meine Mutter an Tag von Taufe hat gestellt Essen auf den Tisch in die Nacht.«

»Ah?«

»Ja. Man stellt auf Tisch viele Essen und geht Bett. Dann kommen die Miren.«

»Wer?«

»Die Miren. Man sieht sie nicht, aber sie kommen zum Essen. Und man stellt jeden chair, nein, chiesa – Sessel – gut an die Wand, denn wenn sich eine von Miren anstößt die Ellbogen in Vorbeigehen, sie verflucht Kind.«

»Wie schön, diese alten Bräuche ... Diese ›Miren‹ sind also Feen?«

»Feen? Ich weiß nicht, was ist Feen. Sie sind Miren. Ah! Ich habe Kopfschmerzen.«

»Wollen Sie Aspirin? Ich habe welches in meinem Zimmer.«

Calliopes Händchen – die Fingernägel glänzen rosenfarben – streicht über die glatte Stirn.

»Nein, danke. Ich bin schuld. Ich habe nicht gemacht Kreuze.«

»Was für Kreuze?«

»So: auf Polster.«

Mit der flachen Hand zeichnet sie in rascher Folge eine Reihe kleiner Kreuzchen auf ihr Knie.

»Man macht kleine Kreuze und dann schnell, schnell, man legt Kopf auf die Stelle und böser Besuch kann nicht kommen in Schlaf, kein Kopfschmerz, nichts.«

»Sind Sie sicher?«

Calliope zuckt die Achseln und steht auf:

»Ganz sicher. Aber Franzosen – Volk ohne Religion.«

»Wohin so eilig, Calliope?«

»Maniküren. Heute ist devtera – Montag. Maniküren Montag: Gesundheit. Maniküren Dienstag: Geld.«

»Sie ziehen also dem Geld die Gesundheit vor? Wie recht Sie haben, Calliope!«

Sie bleibt stehen, dreht sich um, das Spitzengewoge an sich gepreßt, und ruft mir zu:

»Ich ziehe nicht vor ... Montag ich mache rechte Hand, Dienstag linke.«

Zwischen zwölf und fünf Uhr nachmittags stöhnen die Kurgäste unter unmenschlicher Hitze. Die meisten flüchten in den Salon des Casinos – er sieht aus wie die Halle eines modernseinwollenden Bahnhofs –, werfen sich in Schaukelstühle, flirten (die Unseligen), saugen Kaffee aus getürmten Eiswürfelchen oder dösen zu den Klängen eines Orchesters, das schlafend spielt. Ich verzichte meistens auf diese Belustigungen und ziehe mich zurück. Maugis' vulgäre Art stört mich, desgleichen der Lärm einer Schar Kinder und ihre falsche, effekthascherische Unbekümmertheit.

Sah ich nicht dreizehnjährige Mädchen, die sich, wiewohl bereits im Besitze fraulicher Hüften und Waden, auf die gemeinste Weise der sogenannten »Vorrechte der Kindheit« bedienten? Eine reizende kleine Blondine mit wissenden Augen reitet auf dem Schenkel ihres großen Cousins oder hockt auf einem Barstuhl, die Knie ans Kinn gezogen, zeigt, soviel sie kann, und lauert mit dem Blick einer kalten Katze auf die schändliche Erregung der Männer.

»Wie verspielt sie noch ist!« sagt ihre Mutter verzückt, eine dicke, rotnasige Köchin. Ich kann diesem unverschämten Ding nicht begegnen, ohne ein gewisses Unbehagen zu empfinden. Sie hat die Mode aufgebracht, Seifenblasen zu machen und mit weichem Schläger in die Luft zu werfen. Resultat: Herren jeden Alters blasen in Tonpfeifen, laufen und haschen nach den Blasen, um das Mädelchen zu streifen, zu betasten, seines Strohhalms zu berauben. Oh! Welch häßliches Tier schlummert doch in manchen Männern!

Zum Glück gibt es auch noch wirkliche Kinder, tolpatschige kleine Jungen mit zigarrenbraunen Waden und bärenhafter Anmut, hochaufgeschossene Mädchen mit großen, schmalen Füßen, eckig und scheu, ganz winzige, deren Arme aussehen wie hellrote, durch zarte Falten angebundene Würste ... So wie dieser süße Vierjährige, zum Beispiel, der sich in seiner ersten langen Hose überaus unglücklich fühlte und seiner strengen, angeekelten Nurse zuflüsterte, hochroten Gesichts: »Riechen die Leute die Luft, die ich in meine Hose gemacht habe?«

Auf dem Heimweg gilt es dann, den gefährlichen Glutteppich zu überqueren, den die Sonne Tag für Tag zwischen Casino und Hotel ausbreitet. Oh, ich fürchte mich nicht, im Gegenteil. Ich liebe das sengende Behagen großer Hitze, hab' es gern, wenn mein Rücken prickelt, meine Ohren sausen ... Wohliger Ohnmacht nahe, flüchte ich in die schwarze Kühle der Hotelhalle, der eine offene Kellertür säuerliche Luft beschert: es riecht nach alten Fässern und scharfem Essig, ehemaligem Wein ...

Ich flüchte in mein stilles Zimmer. Schon atmet es den Duft meiner Gegenwart. Auch das Bett dünkt mich weniger feindlich. Ich werfe mich darauf, nackt bis aufs Hemd, und grüble, grüble ... meistens bis fünf Uhr nachmittags.

Toby streift meine nackten Füße mit heißer Zunge und streckt alle viere von sich. Die abscheuliche Liebkosung läßt mich erbeben. Es ist, als sei ich beschimpft, beleidigt worden. Meine Gedanken irren ab ... Ich bin halbnackt – das erinnert mich an Marthes Dusche, läßt mich begreifen, was sie von dem mörderischen Strahl erwartet. Die Bilder jagen einander. Ich sehe die Weiße meines Gatten, sehe ihn, wie ihn der Traum mir zeigte – oh, ich muß mich von dieser Zwangsvorstellung befreien (befreien?) – laufe zum Kasten und suche zwischen Schachteln und Säckchen nach der letzten Photographie Alains.

Wie! Träume ich jetzt? Dieser gutaussehende Mann – kenne ich ihn überhaupt? Dieser harte Blick! Diese Pose! Er steht da wie ein Hahn, ein eingebildeter Hahn! Annie, nimm deine Gedanken zusammen! Du irrst dich. Oder hat der Photograph zuviel retuschiert?

Nein, nein. Dieser Mann ist mein Gatte, derzeit verreist. Ich zittere vor seinem Bild wie vor ihm selbst. Was hat er aus mir gemacht? Ein gebeugtes Wesen, seiner Kette kaum bewußt ... Mit verzweifelter Hartnäckigkeit mühe ich mich, in unserer Vergangenheit junger Eheleute eine Erinnerung zu finden, eine einzige, die mich von neuem zu täuschen, mir den Gatten zurückzugeben vermöchte, den ich zu besitzen glaubte ... Nichts, nichts. Ich finde nur meine Demut – die stumme Unterwürfigkeit eines geprügelten Kindes –, nur sein kaltes, güteloses Lächeln hoheitsvoller Herablassung ... Träume ich? Spreche ich im Fieber? Oh, der Böse! Der Böse! Wann tat er mir das größte Leid? Als er fortfuhr – oder als er mich zum erstenmal ansprach?

Wir warten in Marthes Zimmer – es ist größer als meines – hinter geschlossenen Fensterläden. Calliope und Claudine sind zum Tee geladen. Claudine, erst gestern mit ihrem Gatten eingetroffen, wird ausnahmsweise allein erscheinen, da Marthe, »um sich zu erholen«, Männern den Zutritt strengstens untersagte. Nun, sie erholt sich offensichtlich, stampft mit dem Fuß auf, wogt in einem hellgrünen Musselinkleid umher, das die Weiße ihrer Haut unterstreicht und das duftige Haar glutrot überglänzt. Eine große blaßrote Rose, duftend und vulgär, steckt an ihrem tiefen Ausschnitt. Marthe kombiniert mit sicherem Griff Farben, deren gewagte Tönungen erstaunlich gut zusammenpassen ...

Ich finde sie ein wenig zu erregt. Ihre Augen drohen, der Mund ist schmal. Sie setzt sich, kritzelt auf ein weißes Blatt und murmelt: »Hier zwei Louis pro Tag ... 1500 Francs, zahlbar im Herbst, schulde ich Hunt ... und dabei will dieser Esel noch nach Bayreuth ... Gott, das Leben ist nicht einfach!«

»Sprichst du mit mir, Marthe?«

»Ja und nein. Ich sagte: das Leben ist nicht einfach.«

»Nicht einfach ... Gott, ja ... vielleicht.«

Sie zuckt die Achseln. »›Gott ja, vielleicht.‹ Wenn du 500 Louis aus dem Boden stampfen müßtest –«

»500 Louis?«

»Gib dir keine Mühe, das sind 10 000 Francs. Wenn du sie binnen drei Wochen auftreiben müßtest, sage ich, in ... den Falten deines Kleides, was würdest du tun?«

»Ich ... ich würde meiner Bank schreiben ... und Alain.«

»Gott, wie simpel!«

Sie sagt das so kurz angebunden, so spöttisch, daß ich fürchte, sie verletzt zu haben.

»Wie du das sagst, Marthe ... Hast du ... brauchst du vielleicht Geld?«

Aus ihren harten grauen Augen spricht Mitleid.

»Armes Häschen! Du dauerst mich. Natürlich brauch' ich Geld! Immer, immer!«

»Aber ... Marthe ... ich dachte, ihr seid reich! Die Romane gehen gut, und deine Mitgift ...«

»Ja, ja, aber der Mensch muß schließlich essen! Der Lungenbraten ist heuer kaum zu zahlen! Glaubst du vielleicht, daß eine Frau bei den heutigen Verhältnissen mit 30 000

Francs Wirtschaftsgeld auskommen und dabei ordentlich leben kann? Da dürfte sie wirklich vor nichts zurückschrecken!«

Ich schweige eine Sekunde, um mir den Anschein zu geben, nachzurechnen, und sage schließlich:

»Gott – es ist vielleicht ein wenig knapp. Aber, Marthe ... warum hast du dich nicht –«

»Was?«

»An mich gewendet? Ich habe Geld und wäre gern bereit –«

Sie küßt mich – der Kuß klingt wie ein Klaps – und zieht mich beim Ohr:

»Du bist ein lieber Kerl! Ich sag' nicht nein. Aber jetzt noch nicht. Laß nur, ich hab' noch ein paar Mittel auf Lager ... Und dann ... ich schlag' mich ganz gern mit dem Geld herum, es amüsiert mich, aufzuwachen, eine Rechnung vorzufinden, die zum zehntenmal gemahnt wird, meine leeren Hände anzuschauen und mir zu sagen: ›Heute abend müssen 25 Louis dasein.‹«

Entgeistert mustere ich die kriegerische Amazone im heuschreckfarbenen Kleid: »Herumschlagen« ... fürchterliches Wort, dessen Klang das Bild gespannter Muskeln, blutiger Siege heraufbeschwört ... Ich stehe vor ihr wie ein Krüppel, mit herabhängenden Armen, und gedenke meiner kaum versiegten Tränen beim Anblick der Photographie Alains ... Ist's nicht, als hätte er mein Leben zertreten? Dennoch mache ich mir Sorgen um Marthe:

»Was tust du eigentlich, Marthe?«

»Was meinst du?«

»Wenn du dringend Geld brauchst?«

Sie lächelt, wendet sich ab, läßt den Blick neuerlich zu mir schweifen und erwidert mit sanfter, geistesabwesender Miene: »Wenn ich Geld brauche ... Gott, ich pumpe Léons

Verleger an ... beschwatze den Schneider oder mach' ihm Angst ... Und außerdem gibt's unverhoffte Einkünfte.«

»Du meinst Geld, das du hergeliehen hattest?«

»So ungefähr ... Ah, da ist Claudine. Mit wem spricht sie denn?«

Marthe öffnet die Türe und neigt sich auf den Gang hinaus. Ich blicke ihr nach, mit quälenden Hintergedanken. Zum erstenmal in meinem Leben spiele ich die Unwissende, mime die Naivität einer Rose-Chou ... »Unverhoffte Einkünfte ...« Marthe beunruhigt mich.

Tatsächlich, Claudine spricht. Ich höre es ganz deutlich:

»Meine Schööööne –« Was für eine Schöne? Und dieser zärtliche Ton?

Sie erscheint auf der Schwelle, ihre ruhige, raffinierte Fanchette an der Leine. Die Katze folgt ihr wiegenden Ganges, und ihre Smaragdaugen scheinen bei unserem Anblick nachzudunkeln ... Marthe klatscht vor Begeisterung, als säße sie im Theater: »Claudine, wie sie leibt und lebt! Woher stammt dieses köstliche Vieh? Aus dem Zirkus?«

»Keine Spur! Aus Montigny! Setz dich, Fanchette!«

Claudine nimmt eine Kappe ab, die jeder junge Mann tragen könnte, schüttelt ihre Locken, und wieder kommt mir zu Bewußtsein, wie hübsch ihr matter Teint ist, wie gut mir ihr versonnen-ungebärdiger Gesichtsausdruck gefällt ... Die Katze nimmt wohlerzogen Platz und legt den Schwanz auf die Vorderpfoten. Ich tat gut daran, Toby unter Léonies Obhut spazieren zu schicken ... Sie würde ihn sicher kratzen.

»Guten Tag, ferne Prinzessin!«

»Guten Tag, Claudine! Hatten Sie eine gute Reise?«

»Dank der Nachfrage. Eine sehr gute sogar. Renaud war charmant. Er hat während der ganzen Fahrt mit mir geflirtet. Ich hatte keine Sekunde das Gefühl, verheiratet zu sein!

Was sagen Sie! Ein Herr wollte mir Fanchette abkaufen! Ich habe ihn angeschaut, als hätte er meine Mutter vergewaltigt ... Gott, ist es heiß hier! Werden viele Damen erwartet?«

»Nein, nein. Nur Calliope van Langendonck.«

Mit graziösem Schwung hebt Claudine das Bein über einen Sessel ... einen sehr hohen Sessel.

»Fein! Ich liebe Calliope! Keine Gefahr, daß wir uns langweilen! Erstens ist sie hübsch, zweitens sehe ich in ihr die letzte Repräsentantin der ›antiken Seele‹.«

»Was fällt Ihnen ein!« protestiert Marthe. »Calliope? Die ist überall daheim, ärger als ein Croupier!«

»Das meine ich ja! Ich simples Wesen verstehe unter ›antike Seele‹ eine Verkörperung sämtlicher unterer Völker –«

»Der Maulwürfe?« scherze ich schüchtern.

»Nein, spitzfindiges kleines Luder! Die Ortsbezeichnung ›unten‹ bezieht sich lediglich auf die Landkarte! Ah, da ist sie ja! Nur herein, Calliope, Hebe, Aphrodite, Mnasidika ... Um Ihretwillen hole ich mein ganzes Griechisch hervor!«

Calliope, so gut wie nackt in einem enganliegenden kostbaren Kleid (schwarze Chantillyspitze auf hellem Crêpe-de-Chine-Grund), das mir deplaciert und überladen vorkommt, bricht auf der Schwelle zusammen:

»Ich bin tot ... drei Stockwerke!«

»Schlecht für Haut!« ergänzt Claudine.

»Aber gut für schwangere Frau: Kind geht weg.«

Marthe (entsetzt): »Sind Sie schwanger, Calliope?«

Calliope (heiter): »Nein, niemals, never.«

Marthe (bitter): »Da können Sie von Glück reden! Ich auch nicht, apropos. Aber diese Vorkehrungsmaßnahmen gehen mir auf die Nerven! Was tun Sie dagegen?«

Calliope (keusch): »Ich bin Witwe.«

Claudine: »Das ist zwar ein nicht zu verachtendes Mittel, scheint mir aber auf die Dauer weder unerläßlich noch genügend. Was haben Sie denn früher gemacht?«

Calliope: »Kreuze darüber. Vorher und nachher. Außerdem man muß husten. Nachher.«

Marthe (lachend): »Kreuze? Worüber? Über Sie selbst oder den Partner?«

Calliope: »Alle beide, dearest.«

Claudine: »Hahahaha! Und nachher wird gehustet? Ist das der griechische Ritus?«

Calliope: »Nein, poulaki mou! Man hustet so«, (hustet), »und weg ist es.«

Marthe (zweifelnd): »Diese Dinge kommen schneller, als sie gehen ... Claudine, reichen Sie mir doch das Pfirsichkompott herüber ...«

Claudine: »Ich bin zwar nicht neugierig, aber ich hätte gar zu gern sein Gesicht gesehen ...«

Calliope: »Gesicht von wem?«

Claudine: »Von weiland Herrn van Langendonck, während Sie ›Kreuz darüber‹ gemacht haben –«

Calliope (unschuldsvoll): »Aber ich nicht habe gemacht über Gesicht –«

Claudine (bricht in Gelächter aus): »Herrlich! Herrlich! Diese Calliope ist unbezahlbar!«

Sie biegt sich vor Lachen, gluckst, droht zu ersticken. Auch Marthe hält sich die Hüften. Und ich? Obwohl ich mich um ihretwegen schäme, vermag ich das Lächeln nicht zu unterdrücken, das wie von selbst auf meinen Lippen erscheint ... Zum Glück liegt der Raum in schützendem Dämmerlicht. Irrtum: es schützt mich nicht vor Claudines scharfem Blick. Er durchschaut die stumme Heiterkeit, die ich mir selbst zum Vorwurf mache.

»He, heilige Annie, bilden Sie sich nur ja nicht ein, ich

sähe Sie nicht! Marsch in den Garten mit Ihrem Reifen! Oder tun Sie nicht so, als verstünden Sie! Oder nein«, (ihre rüde Stimme wird süß und singend), »lächeln Sie weiter! Wenn Sie die Mundwinkel hochziehen und die Lider senken, sind Calliopes Geschichten weniger anrüchig, kleine Annie, als Ihr Lächeln ...«

Marthe hält ihren aufgeklappten Fächer zwischen mich und Claudine: »Nur so weiter, Claudine, nur so weiter ... Und zum Schluß nennen Sie meine Schwägerin noch ›Rézi‹ ... Nein, danke. Nicht in meinem wohlanständigen Zimmer!«

Rézi? Was ist das? Ich werde kühn:

»Rézi? Ist das ein Wort aus einer fremden Sprache, Claudine?«

»Kann man wohl sagen!« erwidert sie. Calliope und Marthe tauschen wissende Blicke. Claudines Fröhlichkeit jedoch versiegt. Sie vernachlässigt ihren Eiskaffee und träumt vor sich hin, mit dunkelnden Pupillen. Sie gleichen den Augen ihrer weißen Katze, die einen Punkt im leeren Raum zu bedrohen scheint ...

Was sagten sie noch alles? Ich weiß es nicht mehr. Ich wich tiefer und tiefer in den Schatten der Jalousien zurück. Die Gesprächsfetzen jedoch, die mir im Gedächtnis blieben, wage ich kaum zu denken, geschweige denn, niederzuschreiben. Calliope verzapft ihre Ungeheuerlichkeiten mit gut gespielter Naivität und exotischer Schamlosigkeit. Marthe nennt die Dinge kalt beim Namen, Claudine desgleichen, aber mit einer gewissen sinnlichen Wildheit, die mich weniger empört.

Lachend verhörten sie mich über Dinge, über Gesten, die ich nicht einmal in Gedanken zu nennen wage. Ich verstand kaum alle Fragen, stammelte, entzog meine Finger ihren schmeichelnden Händen. Endlich ließen sie mich in Frieden, und Claudine murmelte, den Blick auf meine hellen Augen geheftet, die so leicht den Willen anderer spiegeln: »Diese Annie ist anschmiegsam wie ein junges Mädchen!« Dann gähnte sie herzhaft, griff nach der Leine ihrer Katze und brach auf: »Ich hab' meinen Großen schon zu lange nicht gesehen ...«

Maugis läßt sich nicht abschütteln, beweihräuchert Marthe von früh bis spät. Seine Huldigungen schweben in Whiskywolken zu ihr empor. Diese Zusammenkünfte bei der Kurmusik zerren an meinen Nerven. Wir treffen dort Calliope, bemerken Herren, in deren Augen bei ihrem Anblick ein tierisches Licht aufglimmt, sehen Renaud und Claudine, verliebt und verhaßt. Jawohl, verhaßt. Diese unerträgliche Art, einander mit den Augen zuzulächeln, Knie an Knie dazusitzen wie ein jungverheiratetes Paar! Und dabei weiß ich Leute, die niemals die Aufmerksamkeit auf sich lenkten.

Ein junges Paar, zum Beispiel: er rotblond, sie zu dunkel. Die beiden, seit vierzehn Tagen verheiratet, dinierten an einem Tischchen. Niemals sprach Begierde aus ihren Zügen, niemals verrieten ihre Hände ein Bedürfnis nach Zärtlichkeit, niemals begegneten sich ihre Füße unter dem weißen, bis zum Boden fallenden Tischtuch. Wohl senkte sie zuweilen die Lider über ihre wasserhellen Augen – diese Augen von der Farbe wilder Kresse –, wohl nahm sie die Gabel zur Hand, um sie im nächsten Moment wieder hinzulegen, wohl kühlte sie die heiße Hand an der beperlten Karaffe wie ein Fiebernder, der seine Krankheit kennt ... Er hingegen aß mit gesundem Appetit und erklärte mit klarer, keinen Widerspruch duldender Stimme: »Sie irren, Annie! Dieses Beefsteak ist gerade richtig ...« War er blind? Gleichgültig? Sah er nicht mein glühendes Fieber, die schweren Lider, die sich schützend über meine hellen Augen senkten? Erriet er nicht meine Herzensnot, ahnte er nicht, wie sehr ich die Stunde fürchtete und ersehnte, da meine Lust der seinen genügen sollte ... Wie schmerzlich, wie schwer, das niederzuschreiben ... Bestürzt, gehorsam unterwarf ich mich der einfachen, robusten Liebkosung Alains, die mich zu bald verließ, in dem Augenblick, da ich am Abgrund des Todes zu schweben glaubte, tränenerstickt und verkrampft, rufend und wartend ... ich weiß nicht, worauf.

Heute weiß ich es. Einsamkeit, Langeweile, ein Nachmittag unerträglicher Migräne und seligen Ätherrausches machten aus mir eine wissende, reuegeplagte Sünderin. Ich lebe dicht am Rande der Versuchung, sehe sie wohl, kämpfe verzweifelt dagegen an, zu stürzen und zu straucheln ... Seit ich dieses Tagebuch führe, klärt sich mein eigenes Bild von Tag zu Tag mehr, wie eine geschwärzte Photographie, die von kundiger Hand langsam gesäubert wird ...

Wieso ward es Licht? Weil Alain fortfuhr? Können ein paar Meilen Land und Wasser Wunder vollbringen? Oder trank ich den Zaubertrank, der Siegfried das Gedächtnis wiedergab? Aber der verspätete Trunk gab ihm auch die Liebe zurück. Und ich? O Gott! Woran soll ich mich halten?

Alles um mich her lebt, kämpft für ganz bestimmte Ziele: Marthe und Léon rackern, er für große Auflagen, sie für Luxus. Claudine liebt. Calliope läßt sich lieben. Maugis besäuft sich. Alain erfüllt sein Leben mit tausend anspruchsvollen Eitelkeiten: Ehrbarkeit, glänzende, korrekte Laufbahn, das Bedürfnis, in einem eleganten Haus zu wohnen, ein pralles Adreßbuch zu besitzen, Dienstbotenzeugnisse zu überfliegen, seine Frau zu dressieren, die er – wie sein englisches Halbblut – an allzu kurzem Zügel hält ... Sie alle leben, handeln, bewegen sich ... Nur ich stehe unbeweglich, mit leeren, hängenden Händen ...

Marthe platzt mitten in meine düstere Stimmung, unternehmend wie immer, jedoch minder fröhlich: ihr roter beweglicher Mund bildet beim Lachen zwei traurige Fältchen. Oder bin ich diejenige, die alles schwarzsieht?

Sie nimmt Platz, ohne mich anzusehen, und breitet die Falten ihres Spitzenrocks sorgsam um sich her. Sie trägt ein kleines weißes Ripskostüm à la Louis XVI. Vom weißen Hütchen nicken weiße Federn. Mir gefällt ihr Aufzug nicht sonderlich. Ich finde ihn zu gesucht, zu hochzeitlich, und mein elfenbeinfarbenes gezogenes Seidenkleid, dessen Ärmel sich flügelartig öffnen, ist mir im geheimen viel, viel lieber ...

»Gehen wir?« fragt Marthe, kurz angebunden.

»Wohin?«

»Wohin! Herrgott, tu nicht immer, als kämst du vom Mond! Zum Kurkonzert. Es ist fünf Uhr.«

»Ich –«

Mit herrischer Geste schneidet sie mir das Wort ab:

»Ja, ja, schon recht! Nimm deinen Hut.«

An jedem andern Tag hätte ich fast unbewußt gehorcht. Heute aber ist vieles anders:

»Nein, Marthe. Ich habe Kopfweh.«

Sie zuckt die Achseln. »Ich weiß, ich weiß! Die frische Luft wird dir guttun.«

Ich beharre auf meiner Weigerung, schweigend, sanft. Sie beißt sich auf die Lippen und runzelt die rotblonden, schwarz nachgezeichneten Brauen.

»Herrgott ... du mußt kommen! Ich brauch' dich! So. Jetzt weißt du's!«

»Du brauchst mich?«

»Ja. Ich will nicht ... mit Maugis allein bleiben.«

»Mit Maugis? Das soll wohl ein Witz sein? Kein Mensch zwingt dich dazu, mit Maugis allein zu sein! Claudine und Renaud werden dort sein, Calliope, Léon –«

Marthe gerät in Wallung, wird blaß, ihre Hände zittern.

»Um alles in der Welt, Annie – bring mich nicht in Wut.«

Ich bleibe sitzen, entgeistert, mißtrauisch. Sie wendet den Blick ab, schaut zum Fenster hinaus und sagt:

»Du mußt mitkommen ... ich brauche dich wirklich notwendig ... Léon ist nämlich eifersüchtig.«

Sie lügt. Ich fühle es ganz deutlich, sie spürt auch, daß ich es weiß, denn sie fährt herum und trifft mich mit ihrem Flammenblick:

»Also gut. Ich hab' geschwindelt. Dein Scharfblick in allen Ehren. Also: ich muß Maugis sprechen, unter vier Augen. Und dazu brauche ich dich. Die andern müssen glauben, du begleitest uns. Oh, nur ein paar Schritte. So wie die englische Gouvernante. Du nimmst ein Buch mit, eine Handarbeit, was du willst. Verstanden? Also: tust du mir diesen Gefallen, ja oder nein?«

Ich erröte an ihrer Statt. Maugis! Und sie hat auf mich gezählt, um ... oh! Nein.

Meiner ablehnenden Bewegung gewahr, stampft sie wütend auf.

»Dumme Gans! Glaubst du, ich werde auf einer Parkbank mit ihm schlafen? Versteh doch endlich: alles geht schief, das Geld verkriecht sich an allen Ecken und Enden, und ich muß Maugis nicht nur einen Artikel über Léons nächsten Roman herauslocken, sondern zwei, drei, und zwar in den ausländischen Zeitungen, die uns London und Wien erschließen sollen! Dieser Saufbold ist gerissener als ein Affe, und wir messen uns jetzt seit über einem Monat ... Aber er wird klein beigeben, er wird, oder ich ... ich ...«

Sie stammelt vor Wut, mit geballter Faust – ich glaube, ein ordinäres Weib, als Marquise verkleidet, vor mir zu sehen –, meistert ihren Zorn mit bewundernswerter Willenskraft und sagt kühl:

»So steht die Sache. Kommst du, oder kommst du nicht? In Paris wäre ich nicht gezwungen, dich um etwas Derartiges zu bitten. Da zieht sich eine kluge Frau allein aus der Affäre. Aber hier, in diesem Nest, wo der liebe Zimmernachbar deine schmutzigen Hemden und die Wasserkrüge nachzählt, die das Zimmermädchen am Morgen heraufbringt –«

»Sag einmal, Marthe – im Grunde genommen tust du das also aus Liebe zu Léon?«

»Aus Liebe ... was?«

»Ich meine: aus Liebe zu deinem Mann bist du freundlich zu diesem ... Kerl, nicht wahr? Zu seinem Ruhm?«

Sie lacht auf, kurz und unangenehm, und pudert ihre glühenden Wangen.

»Zu seinem Ruhm, jawohl. Der Lorbeer als Kopfbedeckung ist nicht schlechter als so manche andere. Du brauchst deinen Hut nicht zu suchen. Er liegt auf dem Bett.«

Wie weit werden sie mich mitreißen? Oh, nicht einer der drei möchte ich gleichen! Marthe zu allem bereit, Calliope abgebrüht wie eine Haremsdame, Claudine schamlos nach der Art der Tiere, die sämtliche Instinkte besitzen, selbst die guten. O Gott! Da ich sie nun klar sehe – bewahre mich davor, ihnen ähnlich zu werden ...

Ja, ich begleitete Marthe zum Kurkonzert. Maugis ging zwischen uns. In einer einsamen Allee sagte Marthe plötzlich: »Annie, dein Schuhband geht auf.« Gehorsam bückte ich mich, ein Seidenband festzuknüpfen, das durchaus nicht locker war, richtete mich wieder auf und ging langsam hinter den beiden her, gesenkten Blicks, ohne zu wagen, ihre Rücken anzusehen. Nichts drang an mein Ohr als hastiges Geflüster.

Endlich kam Marthe zurück, erregt und triumphierend,

und enthob mich meiner schändlichen Wache. Ich stieß einen Seufzer der Erleichterung aus. Sie nahm mich beim Arm und sagte, äußerst freundlich:

»So, das hätten wir. Danke, Kleines. Dank deiner Hilfsbereitschaft habe ich allerhand zuwege gebracht ... Bedenk nur! Hätte ich mir mit Maugis im Park, in der Milchtrinkhalle oder im Kaffeehaus ein Rendezvous ausgemacht, wäre binnen fünf Minuten ein störender Dritter – oder noch schlimmer: eine störende Dritte – aufgetaucht! Und in meinem Zimmer konnte ich ihn nicht mehr empfangen. Das wird langsam gefährlich ...«

»Du kriegst sie also, Marthe?«

»Was?«

»Die Artikel in den ausländischen Blättern?«

»Ach ja. Ja! Natürlich krieg' ich sie, und obendrein alles, was mein Herz begehrt.«

Sie schweigt einen Augenblick, schüttelt ihre weiten Ärmel, als bedürfe sie der Kühlung, und murmelt in sich hinein:

»Er ist reich, dieser Kerl!«

Ich betrachte sie überrascht:

»Reich? Was kann dir das ausmachen, Marthe?«

»Ich meine nur«, erklärt sie sehr rasch, »daß ich ihn beneide, zu seinem Vergnügen schreiben zu können und nicht schuften zu müssen wie dieser arme Léon, der dort drüben gerade ergebnislos Calliope belagert. Ich bin erstaunt, wie gut sich diese unbefestigte zypriotische Stadt verteidigt!«

Ich wage einen schüchternen Scherz:

»Vielleicht ist der Belagerer nicht sehr gut bewaffnet ...«

Marthe bleibt jäh stehen, mitten in der Allee:

»Alle guten Geister! Annie sagt Anzüglichkeiten! Meine Liebe, ich wußte dich über Léon nicht so gut unterrichtet ...«

Lachend gesellt sie sich zu ihren Freunden. Ich schütze Migräne vor. Ich will allein sein. Hier bin ich nun, in meinem Zimmer, den schwarzen Toby zu meinen Füßen, besorgt um mich selbst, gedemütigt bei dem Gedanken an den häßlichen Dienst, den ich meiner Schwägerin erwies ...

Ah! Was würde Alain wohl sagen, wüßte er ... Die Vorstellung, daß ihm so viel über mich, so viel über seine geliebte Schwester verborgen ist, macht mich böse lächeln ... Langsam beginnt mir dieses Arriège, der Schauplatz meiner traurigen Erleuchtung, Abscheu einzuflößen. Hier, in diesem Mikrokosmos, erscheint mir die Menschheit lächerlich verzerrt ... Dahin die Belustigung der ersten Tage, all diese Leute agieren zu sehen. Zu viele aufgeputzte Vogelscheuchen, zu viele bestialisch lüsterne Männer erscheinen morgens in der Milchtrinkhalle, zu viele Bakkarat-Gesichter. Oh, manche sehen schaurig aus; grün und langgezogen, die Augen blutunterlaufen, aschgrau vor Müdigkeit, sitzen sie auf den schwerfälligen Rümpfen von Männern, die die ganze Nacht am Spieltisch verbrachten. »Bei denen sind nicht nur die Arterien verkalkt«, behauptet Marthe.

Es gelüstet mich weder, die Trinkhalle zu betreten, noch Marthes Dusche beizuwohnen, noch in der Hotelhalle »Leute auszurichten«, noch mit Claudine »Jeannettes Hochzeit« zu beklatschen, eine Operette, für die sich diese schamlose Debussy-Enthusiastin aus purem Sadismus begeistert. Ich kann die ewige Wiederkehr gleicher Handlungen, Gesten und Gesichter nicht länger ertragen. Ständig wandern meine Blicke zum Fenster, suchen den Spalt, der das Tal im Westen aufreißt, ein fehlendes Glied in der dunklen Bergkette, die uns umschließt. Dort, hinter einer schwebenden Wand glänzenden Perlmutterstaubs, glitzern ferne Bergspitzen. Sie sehen aus, als seien sie auf den hellen blaßblauen Himmel gemalt, der an die Farbe meiner Augen gemahnt. Das ist mein Fluchtweg ... So scheint es mir zumindest. Dort, das weiß ich – oder wünsche ich es nur? –, wäre mir ein anderes Leben beschieden, nicht das sinnlose Dasein der federlosen Puppe, die man Annie nennt ...

Armer schwarzer Toby! Was soll ich mit dir machen? Wir fahren nach Bayreuth! Marthe hat es verfügt, mit einer Endgültigkeit, die mir jegliche Diskussion erspart. Ich werde dich mitnehmen. Das ist noch das einfachste. Versprach ich nicht, dich zu behalten? Ich brauche deine stumme, anbetende Gegenwart, suche neben meinem schmalen, langen Schatten den kurzen deiner viereckigen Gestalt. Du liebst mich genügend, meinen Schlummer zu achten, meine Traurigkeit und mein Schweigen. Ich liebe dich wie ein kleines Wach-Ungeheuer. Wenn ich sehe, wie du mich ernst begleitest – ein großer grüner Apfel, den du den ganzen Tag mit dir herumträgst wie eine Kostbarkeit, verrenkt dein Maul –, so erfaßt mich helle, jugendliche Fröhlichkeit. Oder ich schaue lachend zu, wie du mit hartnäckiger Pfote an der Teppichblume scharrst, beharrlich bemüht, sie zu entwurzeln ... Du lebst arglos, von Geheimnissen umgeben. Da ist das Mysterium der bunten Blumen auf dem Stoff der Fauteuils, die Fopperei des Spiegels, in dem dich ein schwarzbehaartes Hundegespenst belauert, das dir so unbegreiflich ähnlich sieht, die Falle des Schaukelstuhls, der deinen Pfoten entschwindet. Du setzt wenigstens nicht deinen Ehrgeiz darein, das Unerforschliche zu durchdringen. Du seufzt, wütest, lächelst verlegen und kehrst zu deinem angebissenen Apfel zurück.

Noch vor zwei Monaten war ich wie du, sagte: »So ist es und nicht anders. Mein Herr und Meister weiß, was er tut.« Jetzt quäle ich mich ab und suche mir selbst zu entfliehen.

Ja, ich fliehe mich. Versteh dieses Wort, wie es gemeint ist, kleiner Toby, der du noch einen Glauben hast, den ich verlor ... Oh, es ist besser, viel, viel besser, diese Seiten vollzuschreiben, Claudines, Calliopes Geschwätz zuzuhören, als in mich selbst hinabzutauchen, in die gefährliche, unbekannte Tiefe ...

Wir reden nur mehr von Bayreuth. Besonders Calliope jammert über unsere Abreise, unter beachtlichem Aufwand an »Allmächtiger Himmel!« und »poulaki mou«.

Claudine steht dem ganzen Wirbel gleichmütig gegenüber. Renaud ist da. Was kümmert sie der Rest? Léon, verbittert über seinen Mißerfolg, den er Calliope anscheinend nicht verzeihen kann, spricht etwas zuviel von seinem neuen Roman über »ein Bayreuth, von ganz besonderem Blickpunkt betrachtet«.

»Ein neues Thema!« bemerkt Maugis, der seit zehn Jahren drei großen Tageszeitungen Artikel über Bayreuth liefert, ohne mit der Wimper zu zucken.

»Das Thema ist neu, wenn man es zu verjüngen weiß«, belehrt ihn Léon. »Bayreuth, mit den Augen einer liebenden Frau gesehen, mit jenem verfeinerten Empfindungsvermögen, das nur gestillte – und verbotene! – Leidenschaft gewährt ... Lachen Sie nur! Das ergibt unter Umständen einen ausgezeichneten Roman und zwanzig Auflagen.«

»Mindestens!« murmelt Maugis in einer Rauchwolke. »Außerdem stimme ich dem Gatten einer hübschen Frau grundsätzlich bei.«

Die hübsche Frau schlummert, in einen Schaukelstuhl geschmiegt. Marthe hat den leichten Schlaf der Katzen.

Zwei Uhr nachmittags: wir braten im Park. Die Hitze ist drückend, die Zeit wie festgefahren. In den Tassen schmilzt der Eiskaffee. Calliope schmachtet leise, mit sanftem, verzweifeltem Gurren. Ich hingegen, in meinen Korbfauteuil gelehnt, genieße die brennende Sonne und bewege nicht einmal die Lider. In der Schule hieß ich »Salamander« …

Léon zieht häufig die Uhr. Er darf seine Pause nicht überschreiten … Auf dem feinen Sand liegt Tobys Balg wie ein abgestreiftes Stück Fell.

»Nimmst du den Hund mit?« seufzt Marthe, kaum hörbar. »Natürlich. Er ist so ein lieber Kerl!«

»Ich habe eine Abneigung gegen liebe Kerls – selbst auf Reisen.«

»Dann wirst du eben in ein anderes Coupé steigen.«

Nach dieser Antwort staune ich über mich selbst. Noch vorigen Monat hätte ich geantwortet: »Dann steige ich eben in ein anderes Coupé.«

Marthe schweigt eine Weile. Sie scheint zu schlafen. Plötzlich reißt sie die wachsamen Augen weit auf und sagt:

»Findet ihr nicht, daß Annie sich verändert hat?«

»Hm …«, murmelt Maugis ausdruckslos.

»Finden Sie?« fragt Calliope entgegenkommend.

»Möglich«, zögert Léon.

»Es freut mich, feststellen zu können, daß ihr alle meiner Meinung seid!« spottet meine Schwägerin. »Es wird euch daher keinesfalls wundern, wenn ich euch mitteile, daß Annie schneller geht, sich gerader hält, seltener zu Boden schaut und beinahe schon redet wie eine normale Person. Alain wird sich wundern!«

Ich erhebe mich, ein wenig verkrampft. »Du irrst, Marthe! Dein Tatendrang steckt mich an, das ist alles. Alain wird nicht halb so überrascht sein wie du. Er hat mir immer prophezeit, daß du einen ausgezeichneten Einfluß auf mich ausüben würdest … Und jetzt bitte ich, mich zu entschuldigen. Ich gehe Briefe schreiben.«

»Ich begleite Sie!« sagt Calliope.

Tatsächlich folgt sie mir, ohne Ermunterung meinerseits,

und schiebt ihren runden weißen Arm unter meinen schlanken braunen.

»Annie, ich habe eine große Bitte an Sie.«

Gott, welch verführerische Miene! Unter den lanzenscharfen Wimpern leuchten die lapislazulifarbenen Augen hervor, mit flehend-starrem Ausdruck. Der schön geschwungene Mund öffnet sich ein wenig, als wolle er geheimste Geständnisse preisgeben ... Bei Calliope muß man auf alles gefaßt sein.

»Was denn, meine Liebe? Sie wissen, ich werde tun, was in meiner Macht steht.«

Wir sitzen in meinem Zimmer. Mit der übertriebenen Mimik einer italienischen Schauspielerin ergreift sie meine Hände.

»Oh! Ja! Nicht wahr? Sie sind so rein! Das mich hat bewegt. I am ... verloren, wenn Sie weigern. Aber Sie werden nicht, nicht wahr?«

Sie zerknüllt ein Spitzentaschentuch und betupft ihre Augen. Sie sind trocken. Ich fühle mich nicht sehr wohl bei der Sache.

Jetzt ändert sich das Bild: Calliope, ganz Dame, spielt mit den hundert Glücksbringern, die an ihrem Armband baumeln (Claudine behauptet, sie klirre beim Gehen wie ein kleiner Hund), starrt auf den Teppich und murmelt vor sich hin.

»Das war Gebet an Mond«, erklärt sie dann. »Annie, helfen Sie mir! Ich brauche einen Brief.«

»Einen Brief?«

»Jawohl. Einen Brief. Epigraphion. Einen schönen Brief, den Sie werden diktieren.«

»An wen soll der Brief gerichtet sein?«

»An ... an ... eine Freund von Herzen.«

»Oh!«

Calliope streckt den Arm aus, mit tragischer Geste:

»Ich schwöre auf Kopf von tote Eltern, daß er nur ist Freund von Herz.«

Ich sage nichts. Ich wüßte gern ...

»Aber, meine Liebe, wozu brauchen Sie mich dabei?«

Sie ringt die Hände, mit heiterem Gesicht.

»Verstehen Sie doch! Ein Freund von Herzen, den ich liebe – oh! Ja, ich liebe ihn. Ehrenwort, Annie. Aber ... ich kenne ihn nicht gut.«

»Was?«

»Ja. Er will mich heiraten. Er schreibt Briefe, die sind passionnelles, und ich answer ... sehr selten ... weil ich nicht kann schreiben.«

»Was wollen Sie mir da weismachen?«

»Die Wahrheit! Ich schwöre! Ich spreche ... zwei, three, vier, five Sprachen. Genügt für Reisen. Aber ich kann nicht schreiben, besonders französisch. Ihre Sprache ist so ... schwer, so ... ich nicht finde Wort. Mein Freund glaubt, ich bin ... gebildet, einzigartig, unvergleichlich. Ich möchte so gern scheinen, wie er glaubt. Sonst ... wie sagen Sie, in Frankreich? Es ist alles aus. Aus und vorbei.«

Sie errötet, wird verlegen, zerknüllt ihr Taschentuch, das seinen Duft verströmt. Ich überlege und frage schließlich, sehr kühl:

»Sagen Sie, meine Liebe: an wen haben Sie sich denn bis jetzt gewendet? Ich werde doch kaum die erste sein.«

Sie zuckt die Achseln und sagt wütend:

»Ein Kleiner aus meine Land. Er war ... verliebt in mich. Ich habe seine Briefe abgeschrieben ... verkehrt, natürlich. Sie verstehen.«

Diese friedliche Sünderin, weit davon entfernt, meine Entrüstung zu wecken, erregt meine unbändige Heiterkeit. Ich kann nichts dafür, aber es ist mir nun einmal unmöglich, Calliope ernst zu nehmen, weder im Guten noch im Bösen. Sie ist entwaffnend. Ich öffne meine Schreibmappe.

»Setzen Sie sich, Calliope. Wir werden's probieren. Obwohl ... Sie können sich kaum vorstellen, wie eigenartig es für mich ist, einen Liebesbrief zu schreiben ... Also. Was soll ich ihm sagen?«

»Alles!« schreit sie, dankbar und leidenschaftlich. »Daß ich ihn liebe! Daß er weit fort ist! Daß mein Leben ohne Duft ist, daß ich Farbe verliere ... Gott, alles, was man so sagt.«

Daß ich ihn liebe ... daß er weit fort ist ... Dieses Thema glaube ich bereits behandelt zu haben ... mit geringem Erfolg. Ich setze mich neben Calliope, den Kopf in die Hände gestützt, den Blick auf ihre edelsteinblitzenden Finger geheftet, und diktiere wie im Traum:

»Mein teurer Freund ...«

»Zu kalt«, unterbricht Calliope. »Ich werde schreiben: ›Meine Seele auf dem Meer‹.«

»Wie Sie wollen ... ›Meine Seele auf dem Meer ...‹ Nein, so geht's nicht, Calliope. Geben Sie mir die Feder. Sie können den Brief nachher abschreiben und ändern, wie Sie wollen.«

Und ich schreibe, fiebrig, mit brennenden Wangen:

»Meine Seele auf dem Meer, Du ließest mich zurück wie ein herrenloses Haus, in dem noch ein einsames Licht brennt. Das Licht wird weiterleuchten, die Leute, die vorübergehen, werden denken, das Haus sei bewohnt ... doch bald muß die Flamme verlöschen. Es sei denn, eine andere Hand gäbe ihr Kraft und Helligkeit ...«

»Das ist schlecht«, tadelt Calliope, die über meine Schulter blickt. »Nicht gut: ›andere Hand‹. Schreiben Sie: ›selbe Hand‹.«

Aber ich schreibe überhaupt nichts mehr. Ich lege die Stirn auf den Tisch, in die Beuge meines Arms, und weine plötzlich, mit dem zusätzlichen Verdruß, meine Tränen nicht verbergen zu können ... Das Spiel nimmt ein böses Ende. Die gute kleine Calliope versteht – zwar nicht zur Gänze, aber das macht nichts –, schlingt ihren Arm um mich, betäubt mich mit ihrem Duft, ihren Mitleidsbekundungen, ihren verzweifelten Selbstanklagen.

»Liebste! Psychi mou! Ich bin sehr schlecht! Ich habe nicht gedacht, daß Sie sind allein. Geben Sie her. Ich mag nicht mehr. Außerdem – das genügt. Der Beginn ist sehr gut, ich kann ändern. Statt ›Haus‹ ich werde schreiben ›Palazzo‹. Für die Rest ich werde nachsehen in französische Roman.«

»Verzeihen Sie mir, kleine Freundin. Aber diese Schwüle macht meinen Nerven zu schaffen –«

»Ach, Nerven!« sagt Calliope bedeutsam, den Blick auf den Plafond geheftet. »Wenn es nur Nerven wären! Aber ...«

Eine einfache zynische Geste vervollständigt ihren Satz und entlockt mir ein Lächeln, wider Willen. Sie lacht.

»Ja, nicht wahr? Addio, manythank, und pardon. Ich nehme Anfang von Brief. Viel Mut!«

Bereits auf dem Korridor angelangt, öffnet sie noch einmal die Türe und steckt ihr Köpfchen durch den Spalt wie eine schelmische Göttin:

»Ich werde abschreiben zweimal. Weil ich habe noch eine Freund.«

»Das Wasser von Arriège ist in Anbetracht seines hohen Salz- und Schwefelgehalts zur Behandlung chronischer Hauterkrankungen besonders zu empfehlen ...«

Mit lauter Stimme rezitiert Claudine den farbenfrohen

Prospekt, den die Kurverwaltung den Gästen gratis überreicht, um ihnen die Vorzüge Arrièges gebührend vor Augen zu führen. Zum letztenmal lauschen wir dem traurigen Orchester, das ununterbrochen fortissimo spielt, mit dem gleichförmig hackenden Rhythmus einer Militärkapelle. Zwischen dem Potpourri aus »Dragonerliebe« und einem Marsch von Armande de Polignac macht uns Claudine gegen unseren Willen und ungeachtet lauten Protests mit den Tugenden der Schwefelquelle vertraut. Ihre Diktion ist gepflegt, ihr Ton gelehrt, ihre Ruhe unerschütterlich.

Auf einem Korbfauteuil – Claudine verlangte ausdrücklich »Einen Fauteuil zu zwei Sous, wie für eine Person, keinen Eisensessel! Fanchette hat einen empfindlichen Hintern!« – schlummert ihre weiße Katze, das grüne Lederband um den Hals.

»Ich weiß ein schönes Spiel!« ruft sie plötzlich, inspiriert.

»Mir schwant Böses«, sagt ihr Gatte mit den zärtlichen Augen. Er raucht duftende ägyptische Zigaretten und schweigt meistens, von allem losgelöst, als hätte er sein ganzes Leben in jene gelegt, die er sein »geliebtes Kind« nennt ...

»Das Spiel ist sehr hübsch, ihr werdet schon sehen! Ich lese aus euren Gesichtern die Krankheiten, die ihr hier kurieren wollt, und wenn ich mich irre, gebe ich ein Pfand.«

»Her damit!« ruft Marthe. »Mir geht's glänzend.«

»Mir auch!« knurrt Maugis, hochroten Gesichts, den Panamahut bis auf den Schnurrbart gedrückt.

»Mir auch«, sagt Renaud, sehr leise.

»Und mir erst!« seufzt Léon, müde und bleich. Claudine, reizend in duftig-weißer, unter dem Kinn mit Tüllbändern zu großer Masche geknüpfter Kapuze, droht uns mit spitzem Finger.

»Daß ich nicht lache! Auf einmal sind alle zum Spaß hergekommen wie ich!«

Sie greift wieder nach ihrem Büchlein und verteilt Diagnosen wie Blumensträuße:

»Sie, Marthe, haben unreinen Teint und Ausschlag. Sie, Renaud – die ... Furunkulose. Hübsch, was? Könnte fast eine Blume sein. Annie verdächtige ich akuten Rotlaufs, Léon skrofulöser Anämie ...«

»Zu gütig, das ist ja fast gar nichts!« unterbricht Renaud, dem Léons gezwungenes Lächeln nicht entgeht.

»Maugis ... Maugis ... Gott, ich finde nichts mehr. Was hat Maugis? Ah! Chronische Genitalienherpes.«

Brüllendes Gelächter. Marthe zeigt sämtliche Zähne und lacht Maugis unverschämt ins Gesicht. Er schiebt wütend den Panama in die Höhe, um die hemmungslose junge Frau besser beschimpfen zu können.

Eine Gruppe ehrenwerter Leute entfernt sich demonstrativ, unter dem Getöse umgeworfener Sessel. Renaud macht schwache Versuche, Ruhe und Ordnung wiederherzustellen.

»Kümmert euch nicht um die!« sagt Claudine und nimmt ihre Broschüre wieder zur Hand. »Die gehen nur, weil sie neidisch sind! Was haben sie denn schon? Lächerliche Krankheiten, nicht der Rede wert: Chronische Metritis ... Ohrenstechen ... oder eine harmlose kleine Leukorrhö ...«

»Und Sie, kleines Biest?« bricht Maugis los. »Was haben Sie hier verloren, außer friedliche Staatsbürger zu behelligen?«

»Psssst!« Sie neigt sich zu ihm, mit wichtiger, geheimnisvoller Miene. »Diskretion, Ehrensache: ich lasse Fanchette behandeln. Sie hat dasselbe Leiden wie Sie!«

Bayreuth.

Regen, Regen, nichts als Regen. Der Himmel wird zu Wasser, ein Himmel, wie ich ihn noch nirgends sah: er scheint aus Kohle zu bestehen. Stütze ich mich aufs Fensterbrett, hole ich mir schwarze Ellbogen, schwarze Hände. Ungreifbarer Staub schwärzt mein weißes Sergekleid. Wenn ich mit der flachen Hand zerstreut über meine Wange streiche, zeugt eine schwarze Spur von dem unvorsichtigen Beginnen ... Auf dem Saum meines Rocks trocknen kleine graue Kreise: Regentropfen. Léonie bürstet meine und Marthes Kleider mit unermüdlicher Sorgfalt, fröhlich wie ein gefühlvoller Gendarm: diese Gegend erinnert sie an Saint-Etienne, ihre Heimat.

Gegen Westen zu färbt ein gelber Schein den Himmel. Wird der Regen endlich versiegen? Werde ich Bayreuth anders sehen als durch feine, faltenlose Wasserschleier, durch das flimmernde Kristall meiner Tränen?

Denn nicht nur der Himmel verströmte sein Wasser – auch ich, vom ersten Augenblick der Ankunft. Nun, ich will – ein wenig beschämt – die Ursache meiner kindischen Verzweiflung nicht verbergen:

Als wir in Schnabelweide dem Nürnberg-Karlsbad-Expreß entstiegen, entführte der Zug mein Gepäck nach Österreich, mit durchaus undeutscher Eile und Zerstreutheit: nach fünfzehn Stunden Bahnfahrt langte ich in Bayreuth an, schmutzig, beschmiert mit dieser deutschen Kohle, die nach Jod und Schwefel riecht, ohne ein Handtuch, ohne Waschfleck, ohne Kamm, ohne ... alles, was ich nicht zu missen vermag. Dieses Unglück raubte mir die Fassung; während Léon und Maugis zur »Auskunft« liefen, begann ich auf dem Bahnsteig zu weinen, dicke Tränen, die auf dem staubigen Boden zu grauen Kügelchen wurden.

»Ja, ja«, murmelte Claudine gleichmütig, »stille Wasser müssen zuweilen abfließen ...«

O jämmerlicher Einzug in die »heilige Stadt«! Vergebens geriet Marthe vor steingewordenen Postkarten in Verzückung (was für ein Snob sie doch ist!), vergebens pries sie die Grals aus rotem Glas, die Vierfarbendrucke, die Statuetten, die Teller und Bierkrüge, samt und sonders mit dem Porträt des göttlichen Wagner geziert! Selbst Claudine, zerrauft, den Strohhut auf dem Ohr, entlockte mir kaum ein Lächeln, als sie mir auf dem Bahnhofsplatz eine dampfende Wurst unter die Nase hielt:

»Das hab' ich einem Briefträger abgekauft! Jawohl, Renaud! Einem Briefträger. Er trägt die heißen Würste in einer Ledertasche um den Hals und fischt sie mit einer Gabel heraus, wie Schlangen! Sie brauchen gar nicht so angeekelt dreinzuschauen, Marthe, es schmeckt herrlich! Ich werde Mélie eine schicken und ihr sagen, das heißt Wagnerwurst.«

Und sie tanzte davon, gefolgt von ihrem stillen Gatten, um in einer nahen veilchenfarbenen Konditorei zu ihrer Wurst eine Portion Schlagobers zu bestellen ...

Dank Léons tätigem, von Marthe angestacheltem Eifer, dank Maugis, der ebenso viele deutsche Dialekte beherrscht, als es Stämme in Israel gibt – mit einem einzigen, mir völlig unverständlichen Satz riß er die Bahnbediensteten aus ihrer lächelnden Lethargie –, erhielt ich meine Koffer wieder, im gleichen Augenblick, da mir Claudine, gerührt von meiner Not, eins ihrer Batisthemdchen sandte (es ist so kurz, daß ich bei seinem Anblick erröte) sowie ein duftiges, mit gelben Halbmonden besätes Seidenhöschen: »Nehmen Sie einstweilen das, Annie, wenn auch nur, um Ihre Tränen hineinzuwischen, und bedenken Sie, daß ich eine Art heiliger Martin bin ... Und dabei ist durchaus nicht erwiesen, daß er seine Hose hergegeben hätte ...«

Ich warte auf das Mittagessen, warte auf das Versiegen des Regens. Ich habe Zeit. Zwischen zwei fetten Wolken erscheint mattes, furchtsames Blau, um sogleich wieder zu verschwinden. Mein Fenster öffnet sich auf die Opernstraße; ich sehe einen Brettergehsteig, der stinkendes Wasser überdeckt. Auf der Stiege riecht es nach Kohl. Während des Tags verschwindet mein seltsames Sargbett unter einem Deckel aus Blütenstoff. Mein Bettuch ist an der Decke angeknöpft, und die Matratze besteht aus drei Teilen, wie die Kanapees des Grand Siècle ... Nein, nein, nein, ich fühle keinen heiligen Schauer und kann Marthe nur beneiden: kaum dem Zug entstiegen, wurde sie bereits von konventionellem Entzücken durchrieselt und sog in tiefen Atemzügen ein, was ihr Gatte »die heilige Flamme all jener Völker« nannte, »gekommen, dem Menschen zu huldigen, der mehr war als ein Mensch«. Durch die dünnen Wände höre ich diese Kunstjüngerin in ihren Koffern wüten, höre, wie sie die winzigen Krüge heißen Wassers mit ärgerlichem Schwung in die Waschschüssel leert. Léons Stimme erreicht mich als dumpfes Murmeln. Marthe schweigt? Böses Zeichen. Es überrascht mich kaum, sie wenig später rufen zu hören, mit scharfer, zorniger Stimme, die einer ... Marie Antoinette so schlecht ansteht:

»Lausiges Nest! Pfui Teufel!«

Ein einziger Trost sänftigt mein Gemüt, läßt mich vor diesem Fenster, diesem wackligen Mahagonitischchen ruhig, unbeweglich verharren: das Bewußtsein, fort zu sein, außer Reichweite. Seit wann ist Alain verreist? Seit einem Monat? Einem Jahr? Ich weiß es nicht. Manchmal suche ich sein fernes Bild, lausche, als könne ich den Klang seiner Stimme, das Geräusch seiner Schritte hören ... Erwarte oder fürchte ich ihn? Manchmal fahre ich herum, glaube, daß er da ist, vermeine, jetzt und jetzt seine starke Hand auf meiner

Schulter zu fühlen, und sie weicht ihrem Druck ... Oh, ich weiß dieses Zeichen zu deuten: käme er jetzt zurück, wäre er von neuem mein Herr und Meister. Sanft ergäbe sich mein Hals dem wohlbekannten Joch, habe ich doch nie den schmerzenden, zu engen Ring abgestreift, den Alain am Tage unserer Hochzeit an meinen Finger steckte.

Wir sitzen beim Essen, Marthe, Léon und ich, in einer sogenannten Restauration. Für »Vergnügungsreisende« machen wir ziemlich saure Gesichter ... Was mich betrifft, so weiß ich recht gut, daß die ungewohnte Umgebung, die spärliche, flackernde Gasbeleuchtung, der Wind, der durch das schlechtschließende Plachendach hereinbläst, nicht dazu angetan sind, meine Laune zu heben. Wieso aber wirken Marthe und ihr Gatte so mürrisch und verloren? Marthe starrt in ihren Teller – Huhn mit Birnenkompott – und knabbert Brot. Léon macht Notizen. Worüber, guter Gott? Das Lokal ist wirklich nicht bemerkenswert ... Dieses Restaurant Baierlein, das seinen Publikumszuspruch einer geräumigen, mit gestreifter Plane überdachten Terrasse verdankt, erinnert mich nur zu sehr an die Restaurants von Arriège, inklusive Kompott. Dort gab es lediglich weniger Engländerinnen und keine kleinen mineralwassergefüllten Tonkrüge. Engländerinnen, wohin man schaut! Wer sagt, sie seien steif und zurückhaltend? Diese hier – sie kommen von »Parsifal«, erklärt Léon – schreien und schluchzen einander ihre Eindrücke zu, hochroten Gesichts, schiefsitzenden Huts, das herrliche Haar zu Stricken gedreht, recken die Arme zum Himmel und essen ununterbrochen. Ich starre sie an, ich, die ich weder Hunger habe noch weine, die ich die Hände fröstelnd in meine weiten Ärmel versenke und mich frage, mit der angeekelten Hoffnung des Säufers: »Werde ich nächsten Sonntag auch so sein?« Ehrlich gesagt – ich wünschte es.

Marthe schweigt und mißt die Gäste mit unverschämtem Blick. Wahrscheinlich findet sie, daß es an Hüten mangelt. Mein Schwager macht noch immer Notizen! So viele Notizen! Man schaut ihn an. Auch ich schaue ihn an. Wie französisch er aussieht!

Mit englischem Schneider, schwedischem Schuster und amerikanischem Hutmacher verkörpert dieser hübsche Mann den französischen Typus par excellence in seiner ganzen farblosen Korrektheit. Kleine, weiche, allzu häufige Gebärden, wohlproportionierte Züge eines regelmäßigen, unpersönlichen Gesichts – braucht es wirklich nicht mehr, um den Durchschnittsfranzosen zu charakterisieren, den Mann, der sich weder durch gute noch durch schlechte Eigenschaften auszeichnet?

Marthe reißt mich aus meinen ethnologischen Betrachtungen.

»So schreit doch nicht alle durcheinander! Gott, ist es fad hier! Gibt's vielleicht ein *noch* amüsanteres Lokal?«

»Ja«, sagt Léon mit einem Blick in den Baedeker. »Das ›Berlin‹. Es ist eleganter, französischer, aber weniger ›bodenständig‹.«

»Ich pfeife auf die Bodenständigkeit! Schließlich komme ich wegen Wagner und nicht wegen Bayreuth. Morgen gehen wir ins ›Berlin‹, das steht einmal fest.«

»– und werden für eine Portion Forelle zehn Mark zahlen.«

»Na und? Schließlich ist Maugis da ... für ein bis zwei Rechnungen ...«

Ich entschließe mich, einzugreifen.

»Hör zu, Marthe – ich mag mich von Maugis nicht ausführen lassen – es ist mir unangenehm.«

»Wie du willst, meine Liebe! Dann gehst du einstweilen eben ins Duval –«

Léon legt verdrossen den Bleistift weg.

»Wie grob Sie sind, Marthe! Außerdem gibt's hier kein Bouillon Duval –«

Marthe, hochgradig nervös, lacht schrill:

»Dieser Léon ... so schlagfertig wie er ist nicht bald jemand! Komm, Annie, schau nicht drein wie eine Märtyrerin ... Dieses fürchterliche Birnenhuhn ist an allem schuld ... Kommt ihr? Ich gehe. Ich bin hin.«

Verdrießlich rafft sie ihren weiten, weichen Rock, fegt die Terrasse mit verachtungsvollem Blick und sagt:

»Wißt ihr, was wir brauchen, Kinder? Ein kleines Bayreuth in Paris ... Um wieviel netter wird das sein! Und um wieviel besser besucht!«

Von meiner ersten Nacht will ich schweigen. Ich kauerte auf meiner harten Matratze, litt unter der Berührung der kratzenden Baumwoll-Laken, atmete voll Widerwillen den – imaginären? – Kohlgeruch, der durch Tür-, Fenster- und Mauerritzen drang, zerstäubte schließlich den Inhalt einer ganzen Flasche Nelkenwasser über mein Bett und verlor mich in tiefen, von lächerlich wollüstigen Träumen bebilderten Schlaf. So etwa stelle ich mir ein karikiert illustriertes Buch übelster Sorte vor: liederliche Abenteuer in Kostümen Louis-Philippe.

Ich sah Alain in einem Nankinganzug, unternehmender denn je, und mich in Organdy, widerspenstiger, als ich es mir in meinen kühnsten Vorstellungen zugetraut hätte ... Außerdem machte meine altväterische Leinenhose jegliches Gewähren unmöglich.

Der Zufall, wir kauften die Karten im letzten Moment, trennt mich von Marthe und Léon. Ich beglückwünsche mich im stillen.

Im gedämpften Licht der runden Lampen, die als zerrissene Kette den Saal umschließen, atme ich vorsichtig die seltsame Geruchsmischung von überhitztem Gummi und Moder, die in der Luft liegt; die graue Häßlichkeit des Tempels stört mich nicht. All das – die niedrige Bühne, der schwarze Abgrund, aus dem die Musik emporsteigen wird – kenne ich aus unzähligen Beschreibungen, empfinde ich kaum als neu. Ich warte. Draußen tönt die zweite Fanfare. (Donners Ruf, glaube ich.) Ausländerinnen entledigen sich ihrer Hutnadeln, mit blasierter, familiärer Geste. Ich folge ihrem Beispiel. Wie sie werfe ich wie von ungefähr einen Blick auf die Fürstenloge, wo schwarze Schatten paradieren, kahle Stirnen schimmern ... Uninteressant. Noch eine kleine Weile ... Die letzte Polstertüre öffnet sich, ein Viereck blauen Tageslichts erglänzt und verschwindet, die letzte alte Lady hustet – dann steigt das tiefe Es aus dem Abgrund und grollt wie ein verborgenes Tier ...

»Sehr schön!« erklärt Marthe. »Aber eine Pause hätte nicht geschadet!«

Ich bebe noch, verberge meine Erregung wie ein fleischliches Gelüste und sage schließlich: »Mir ist es nicht lang vorgekommen ...«

Meine Schwägerin, die vergebens ein orangefarbenes Kleid ausführt, hat für diesen »Prolog-Zauber« nichts übrig:

»Die Pausen gehören dazu, meine Liebe! Frag die Habitués! Man nimmt einen Imbiß, trifft Bekannte, tauscht seine Eindrücke aus ... Und der erste Eindruck ist einzigartig, nicht wahr, Maugis?«

Der vulgäre Patron hebt kaum merklich die schweren Schultern:

»Einzigartig – jawohl, genau das wollte ich sagen ... Abgesehen davon, entblöden sie sich nicht, einem hier, an der Quelle des hellen Biers, ein Gesöff vorzusetzen, das schmeckt wie destilliertes Bodenwachs! Nach Bayreuth zu kommen, um das zu trinken – ebensogut kann man sich kastrieren lassen.«

Vergebens suche ich an diesem ordinären, zügellosen Kerl das versöhnende Zeichen des Fanatismus. Maugis gehört zu jenen, die Wagner in Frankreich »lancierten«. Jahr für Jahr erneuerte er den Kampf mit hartnäckigen Berichten, seltsamen Mischungen aus lockerster Skepsis und zarter Trunkenboldpoesie. Ich weiß, daß Léon seinen schwungvollen, mit Wörtern der Umgangssprache gespickten Stil verachtet, weiß, daß Maugis ihn den »Poeten der guten Gesellschaft« nennt. Abgesehen davon, vertragen sie sich bestens, besonders seit zwei Monaten.

Hier, in diesem riesenhaften Theaterbuffet, fühle ich mich ... allein, verloren, von allem losgelöst. Noch haust in mir der Dämon der Musik, noch höre ich die Klage der Rheintöchter, doch ihr Singen kämpft gegen betäubendes Gabel- und Tellergeklapper. Verstörte Kellner in schwarzen, fettversteiften Fräcken rennen mit beladenen Armen durch den Saal, und der rosenfarbene Bierschaum ergießt sich in Fleischsäfte ...

»Schon wieder ›gemischtes Kompott‹!« knurrt Marthe unversöhnlich. »Der Loge war besonders schlecht, nicht wahr, Maugis?«

»Besonders?« wiederholt der Gefragte mit spöttischer Nachsicht. »Kann ich nicht finden! Vor siebzehn Jahren habe ich ihn in derselben Rolle gehört. Heute war er entschieden besser.«

Marthe ist nicht bei der Sache. Blicke und Lorgnon zielen in den Hintergrund des Saals:

»Nein, so was! Wißt ihr, wer hier ist?«

»Nun?«

»Die Chessenet! Mit Leuten, die ich nicht kenne! Dort – seht ihr sie? Ganz rückwärts, an dem Tisch, der direkt an der Wand steht.«

Schmerzlich berührt, als ziehe mich die Vergangenheit zu Boden, überschaue ich angstvoll das Schachbrett der Tische. Marthe hat recht. Dieser blaßblonde Knoten kann nur Valentine Chessenet gehören.

»Gott, wie lästig!« seufze ich niedergeschlagen. Marthe senkt ihr Lorgnon, um mich besser betrachten zu können.

»Was kann dir das schon ausmachen? Fürchtest du etwa, daß sie sich deinen Alain zurückholt?«

Ich zucke zusammen – fast unmerklich.

»Zurückholt? Das bedeutet wohl, daß sie ihn schon einmal gehabt hätte, und meines Wüßtens –«

»Es heißt nicht ›Wüßtens‹, sondern ›Weißtens‹!« belehrt mich Maugis, wohlwollend und salbungsvoll.

Marthe schweigt, preßt die Lippen zusammen und betrachtet mich verstohlen. Die Gabel zittert in meiner Hand. Léon beißt an seinem goldenen Crayon und wirft Reporterblicke um sich. Plötzlich packt mich das jähe, heftige Verlangen, diesen Weichling beim Nacken zu nehmen und sein hübsches willenloses Gesicht auf die Tischplatte zu schmettern ... Doch die Wallung verfliegt und nichts bleibt zurück als mein Staunen über einen so lächerlichen Wutanfall. Die Musik scheint mir nicht gutzutun ...

Der Anblick dieser Chessenet führt mich zu Alain zurück, einem Alain, den ich einen Herzschlag lang weiß und leblos sehe, wie einen Toten.

Die Geliebte meines Mannes. War sie die Geliebte meines Mannes? Seit zwei Stunden stelle ich mir diese Frage, ohne zu klarem Ergebnis zu gelangen. Ich vermag Madame Chessenet nicht anders heraufzubeschwören als in eleganter Abend- und Konzerttoilette, eines jener zu kleinen Hütchen auf dem Kopf, mit deren Hilfe sie sich ein besonderes Genre zu schaffen sucht ... das Genre Chessenet! Wenn sie aber Alains Geliebte war, so mußte sie ihr enges Kleid abstreifen, ihren winzigen Hut herunternehmen, sorgsam und geschickt ... Mein müder Kopf denkt nicht weiter. Außerdem kann ich mir Alain nicht vorstellen, wie er einer Frau »den Hof macht«, wie es so schön heißt ... Mir hat er niemals den Hof gemacht, zeigte sich niemals flehend, drängend, unruhig oder eifersüchtig. Er gab mir ... einen Käfig, und ich war es lange, lange zufrieden.

Seine Geliebte! Wieso flößt mir diese Vorstellung keinen tiefen, verzweifelten Groll ein? Sollte ich meinen Gatten nicht mehr lieben?

Ich kann nicht mehr. Ich bin am Ende meiner Kräfte. Laß das, Annie. Denk daran, daß dich noch Wochen des Alleinseins und der Freiheit erwarten. Der Freiheit! Seltsames Wort ... Es gibt Vögel, die sich frei dünken, weil sie neben dem Käfig umherhüpfen. Doch ihre Flügel sind gestutzt ...

»Wie! Noch im Bett?«

Fix und fertig angezogen, betrete ich Marthes Zimmer, sie zu einem Spaziergang durch Bayreuth einzuladen. Sie liegt noch im Bett, mollig und weiß in ihrem roten Haar, gähnt, rekelt und dehnt sich – sie schläft mit allen ihren Ringen – und wirft mir unter gefurchten Brauen einen raschen stahlgrauen Blick zu:

»Du riechst nach Straße! Wohin gehst du?«

»Spazieren. Bist du krank?«

»Schlecht geschlafen – Migräne – müde.«

»Schade. Dann geh' ich eben allein.«

Mit einem Händedruck verabschiede ich mich vom armen Léon, der an seinem Mahagonitischchen front (es ist genauso häßlich wie meines), um bis zum Mittagessen seine sechzig Zeilen zu absolvieren.

Allein auf der Straße! Einkaufen werde ich nichts. Ich spreche zu schlecht deutsch ... Aber umsehen will ich mich. Dieses modern ausgestattete Geschäft zum Beispiel ist eine Welt für sich ... eine Wagnerwelt. Die Rheintöchter, drei fürchterliche Weiber, blumenbekränzt wie meine luxemburgische Köchin am Sonntag, umschlingen einander, dem Photographen zu Ehren. Eine schielt. Am Rand des hellen, mit Brandmalerei gezierten Rahmens wogen Algen ... oder Regenwürmer? Das ganze kostet zehn Mark. Geschenkt.

Warum so viele Bilder von Siegfried Wagner? Und nur von ihm? Die übrigen Kinder von »Cosimas Verblichenem«, um mit Maugis zu sprechen, sind bei weitem nicht so häßlich wie dieser junge Mann mit der lächerlichen Nase und dem einfältigen Aussehen. Daß Siegfried dirigiert – schlecht noch dazu –, scheint mir keine zufriedenstellende Begründung. Es riecht noch immer nach Kohl. Die einzelnen Straßen unterscheiden sich kaum voneinander, und ich überlege gerade, am Beginn der Opernstraße angelangt, ob ich mich nach rechts oder links wenden soll, als hinter mir ein keckes Vogelstimmchen trällert:

»Verlorenes Kind, von der Mutter verstoßen,
stets findest du Zuflucht an heiligem Ort ...«

»Claudine! Ja, ich weiß wirklich nicht, wohin! Ich bin nicht daran gewöhnt, allein auszugehen ...«

»Was man von mir nicht behaupten kann. Mit zwölf Jahren lief ich schon herum wie ein Häschen ... dem ich übrigens auch ähnlich sah, was die Weiße meines Hinterns betrifft.«

Das ... Hinterteil nimmt in Claudines Konversation wirklich übergroßen Raum ein ... Aber das ist vielleicht die einzige Einschränkung der Sympathie, die ich für sie empfinde.

Während ich neben diesem freien, ungezwungenen Geschöpf einhergehe, denke ich daran, daß Alain mir gestattete, zweifelhafte (nein, ganz eindeutige!) Frauen zu besuchen, wie zum Beispiel diese Chessenet oder Rose-Chou (sie erkundigt sich vorher, ob ihre Liebhaber auch aus vornehmer Familie sind), mir hingegen den Umgang mit Claudine verbot, diesem reizenden Wesen, das seinen Gatten anbetet und kein Geheimnis daraus macht. Hatte ich bei jenen nicht mehr zu verlieren als bei dieser?

»So allein, Claudine? Ohne Renaud? Ohne Fanchette?«

»Fanchette schläft. Außerdem bekäme sie von diesem Kohlenstaub schwarze Pfoten. Und mein Renaud arbeitet an seiner ›Diplomatischen Revue‹, wo er Delcassé mit den fürchterlichsten Schmähungen bedenkt ... Also ging ich, um ihn nicht zu stören. Abgesehen davon bin ich übernächtigt und brauche frische Luft. Ich habe zuwenig geschlafen.«

»Sie haben –«

»Zuwenig geschlafen, jawohl. Aber was fällt Ihnen ein, Annie? Ganz allein in einer fremden Stadt? Ohne Gouvernante? Wo haben Sie Ihre Schultasche gelassen? Und Ihre Zeichenmappe?«

Sie hänselt mich gutmütig, hübsch und possierlich in ihrem knappen Rock, ihrem schiefsitzenden Hut aus grobem Stroh, dem kurzen, weichgelockten Haar. Das dreieckige Gesichtchen steht dunkel über der weißen Seidenbluse, und ihre schönen, fast gelben Augen erleuchten sie ganz, wie helle Reisigfeuer ein dunkles Feld ...

»Marthe ruht sich aus«, erwidere ich endlich. »Sie ist müde.«

»Wovon? Sich von Maugis knutschen zu lassen? Oh! Was sage ich da!« unterbricht sie sich und legt scheinheilig die Hand auf den Mund, als wolle sie die unvorsichtige Äußerung zurücknehmen ...

»Glauben Sie? Glauben Sie, daß sie ... daß er ... wirklich tut, was Sie sagen?«

Meine Stimme zittert. Wie dumm von mir! Claudine zuckt die Achseln, stampft mit dem Fuß:

»Herrgott! Wenn Sie auch alles glauben, was ich sage ... Marthe ist nicht anders als viele Frauen meiner Bekanntschaft: es macht ihr Spaß, vor allen Leuten ein bißchen vergewaltigt zu werden ... Im Tête-à-tête ist das natürlich etwas anderes. Deshalb sind sie nicht weniger anständig ...«

Dieses schöne Räsonnement vermag mich nicht zu überzeugen. »Vor allen Leuten« ... das ist schon zuviel ...

Gedankenvoll gehe ich neben Claudine. Wir begegnen Engländerinnen – schon wieder! – und Amerikanerinnen, die schon ab zehn Uhr morgens in Seide und Spitzen prunken ... Meine Begleiterin fällt auf. Sie bemerkt es und erwidert die neugierigen Blicke furchtlos und gleichgültig. Ein einziges Mal dreht sie sich lebhaft um und zieht mich am Ärmel:

»Haben Sie diese hübsche Frau gesehen? Die Blonde, mit den kaffeebraunen Augen?«

»Nein. Ich habe nicht achtgegeben.«

»Diese Annie! Wohin gehen wir eigentlich?«

»Ich weiß nicht. Ich wollte mir nur die Stadt ansehen.«

»Die Stadt? Nicht der Mühe wert! Nur Postkarten. Der Rest – Hotels. Kommen Sie, ich kenne einen hübschen Park. Dort setzen wir uns auf den Boden.«

Willenlos vor so viel turbulenter Vitalität richte ich mich nach ihrem raschen, weit ausgreifenden Schritt. Wir überqueren eine häßliche Straße, gehen am »Schwarzen Roß« vorbei und gelangen schließlich auf einen großen, verlassenen Platz von provinzieller, wohltuender Traurigkeit, mit Statuen und Linden bestanden.

»Was ist das für ein Platz, Claudine?«

»Das? Ich weiß nicht. Der Platz der Markgräfin. Wenn ich nicht sicher bin, sage ich immer: ›der Markgrafin‹. Kommen Sie, Annie, wir sind da.«

In einem Winkel des großen Platzes öffnet sich eine Türe auf ein gepflegtes, blühendes Gärtchen, das sich bald zu einem kleinen, ein wenig vernachlässigten Park verbreitert. Dahinter könnte man fast ein hübsches verschlafenes Schloß vermuten, das in jede französische Provinz passen würde ...

»Was ist das für ein Garten?«

»Der Garten der Markgräfin«, versichert Claudine mit Überzeugung. »Und hier sehen Sie die Bank der Markgräfin, den Soldaten der Markgräfin, die Kinderfrau der Markgräfin ... Grün, nicht wahr? Das tut gut! Fast wie in Montigny ... nur viel schäbiger, natürlich.«

Wir sitzen Seite an Seite, auf dem gesänftigten Stein einer alten Bank.

»Sie lieben Ihr Montigny wohl sehr, nicht wahr? Ist es schön dort?«

Claudines bernsteinfarbene Augen leuchten auf, ersterben, und sie streckt den Arm aus wie ein Kind:

»Schön? In Montigny bin ich glücklich wie der Strauch in der Hecke, wie der Salamander auf seiner sonnendurchwärmten Mauer, wie ... ich weiß nicht, wie. Es gibt Tage, da komme ich zwischen Morgen und Nacht überhaupt nicht nach Hause ... da kommen wir nicht nach Hause«, verbessert sie sich. »Ich habe Renaud die Schönheit dieser Gegend kennen und lieben gelehrt ... Er folgt mir.«

Wiederum läßt mich Claudines allgegenwärtige Zärtlichkeit für ihren Gatten tiefe Schwermut empfinden, und ich sage, mit meinen Tränen kämpfend:

»Ja ... er folgt Ihnen immer, immer ...«

»Aber ... ich folge ihm ja auch!« sagt Claudine überrascht. »Wir folgen einander ... und sind doch so verschieden.«

Ich neige das Haupt und scharre im Sand, mit der Spitze meines Sonnenschirms.

»Sie lieben einander ...«

»Ja«, erwidert sie einfach. »Es ist wie eine Krankheit.« Sie träumt vor sich hin, heftet plötzlich den Blick auf mich und fragt unvermittelt:

»Und Sie?«

Ich fahre zusammen.

»Ich? Was?«

»Sie lieben Ihren Mann nicht?«

»Alain? Aber natürlich ...«

Ich weiche zurück, verwirrt, verlegen. Claudine rückt näher und sagt stürmisch:

»Natürlich? Gott, wenn Sie ihn ›natürlich‹ lieben, weiß man, woran man sich zu halten hat! Außerdem ...«

Ich hieße sie gerne schweigen, aber leichter stellte ich mich wohl einem scheuenden Pony in den Weg ...

»Außerdem habe ich Sie oft genug zusammen gesehen! Er wirkt wie ein Stock, Sie wie ein nasses Taschentuch. Er ist ungeschickt, dünkelhaft, brutal ...«

Ich hebe schützend den Arm, als erwarte ich einen Faustschlag ...

»Jawohl, brutal! Man hat dem Herrn zwar eine Frau gegeben, aber leider keine Gebrauchsanweisung! Das merkt ein sieben Monate altes Kind! ›Annie, das tut man nicht ... Annie, das ist nicht üblich ... Annie, das schickt sich nicht ...‹ Beim drittenmal hätte ich ihm geantwortet:

›Und wenn ich Ihnen Hörner aufsetze – sind Sie dann zufrieden?‹«

Ich breche gleichzeitig in Tränen und Gelächter aus, so unwiderstehlich ist die komische Wut ihrer letzten Worte. Seltsames Geschöpf! Sie hat sich in Hitze geredet, nimmt den Hut ab und schüttelt ihr kurzes Haar.

Ich weiß nicht, wie ich meine Fassung wiedergewinnen soll, würde am liebsten weiterweinen ... Das Lachen ist mir vergangen. Claudine wendet sich mir zu, mit einem strengen Gesicht, das sie ihrer Katze ähneln läßt:

»Kein Grund zum Lachen! Keiner zum Weinen! Sie sind ein kleiner Waschlappen, ein hübsches Tuch, ein Stück Seide. Sie haben nicht die geringste Entschuldigung: Sie lieben Ihren Mann nicht.«

»Ich liebe meinen Mann nicht?«

»Nein. Sie lieben niemanden.«

Ihr Gesichtsausdruck ändert sich, wird ernst.

»Sie haben keinen Geliebten. Eine Liebe – selbst eine verbotene – hätte Sie erblühen lassen, biegsamer, blütenleerer Zweig ... Ihr Mann! Wenn Sie ihn geliebt hätten, im schönsten Sinn des Wortes – wenn Sie ihn geliebt hätten, wie ich liebe –«, sie drückt die schlanken Hände an die Brust, mit einer Gebärde unglaublicher Kraft, beispiellosen Stolzes, »so wären Sie ihm gefolgt über Land und Meere, unter Küssen und Schlägen, sein Schatten, seine Seele ...« Und sie fügt leiser hinzu: »Wenn man auf eine gewisse Weise liebt, wird selbst die Untreue belanglos ...«

Sie spricht wie eine kleine Seherin. Ich wende mich ihr zu, lausche ihrer prophetischen Stimme mit leidenschaftlicher Verzweiflung, den Blick auf ihre Augen geheftet. Sie starrt in die Ferne. Dann lächelt sie mir zu, als sähe sie mich zum erstenmal. »Annie, bei uns daheim wächst eine zarte, dünnstielige Pflanze, die sich unter der schweren Bürde unzähliger Körner zu Boden neigt. Sie hat einen hübschen Namen, den ich Ihnen gebe, sooft ich an Sie denke: ›Nickende Minze‹ ... Sie zittert im Wind, fürchtet sich, richtet sich erst auf, wenn alle ihre Körner leer sind ...«

Claudines zärtlicher Arm umschlingt meinen Hals. »Nickende Minze, wie reizend Sie sind ... und wie schade um Sie! Ich sah seit ... seit langem keine Frau, die Ihnen gleichkäme ... Seht mich an, Kressenblumen, helle Augen, dichter bewimpert als eine Quelle in schwarzem Gras, Annie mit dem Rosenduft ...«

Ich lehne den Kopf an ihre Schulter, schwach vor Kummer, schwer von einer Zärtlichkeit, die meine Glieder durchströmt, hebe ihr meine feuchten Lider entgegen. Sie neigt mir ihr Antlitz zu, blendet mich mit wilden, zwingenden Augen, so gebietend plötzlich, daß ich die meinen schließe – willenlos, unterjocht.

Doch der zärtliche Arm gibt mich frei. Taumelnd öffne ich die Augen ... Claudine ist aufgesprungen. Sie streckt und dehnt sich, reibt ihre Schläfen mit unbarmherzigen Händen und murmelt:

»Das ist zu stark! Ein wenig mehr ... Wo ich Renaud so fest versprochen habe ...«

»Was?« frage ich, meiner Sinne noch nicht mächtig.

Claudine lacht mir ins Gesicht, ein kurzes, seltsames Lachen. »Um elf daheim zu sein, Kleines! Vorwärts, tummeln Sie sich! Wir haben Eile!«

Die Pause nach dem ersten Akt »Parsifal« überliefert uns dem entzaubernden Tageslicht. Oh, nicht zum erstenmal ernüchtert mich ein langer Zwischenakt (das Entzücken Marthes und Léons) auf schmerzlich-unerwünschte Weise. Seit »Rheingold« waren wir allabendlich in der Oper; dreimal mußte ich für eine drohende, verratene Brunhilde meine aufgetakelte Schwägerin eintauschen, die Kleinkrämerei Léons, den unstillbaren Durst Maugis', den blaßrosa Nacken Valentine Chessenets, all diese »Ach!«, »Oh!«, »Kolossal!« und »Phantastisch!«, von aufdringlichen Enthusiasten vielsprachig hervorgestoßen ... Nein, nein, nein!

»Ich möchte ein Theater für mich allein!« gestehe ich Maugis.

»Hm!« erwidert er und vernachlässigt einen Augenblick seinen steifen Grog. »Immer noch besser, als impotent zu sein. Sie sind ein Wesen in der Art Ludwigs von Bayern, an dem Sie übrigens sehen können, wohin solch ungesunde Neigungen führen: er ließ noch rasch einige Schlösser errichten, deren Stil bislang nur von Provinzzuckerbäckern gepflegt worden war, und starb. Ich hoffe, dieses traurige Resultat einschichtiger Gewohnheiten wird Ihnen zu denken geben!«

Ich fahre auf, verlasse den Saufbold, lehne das riesige Zitroneneis, das mir Claudine anbietet, dankend ab und gehe, mich an einen der Pfeiler zu lehnen, das Gesicht der sinkenden Sonne zugewandt. Wolken hasten dem Osten zu. Ihr Schatten ist kalt ... Über Bayreuth lasten schwarze Schwaden. Plötzlich kommt Wind auf, trinkt den Rauch mit einem einzigen Atemzug. Eine Gruppe Französinnen – platte, hüftenzermalmende Korsetts, Kleider, vorne zu gerafft, rückwärts zu schleppend – schnattert durcheinander, unbelastet, unberührt von der göttlichen Musik, mit jener kalten Lebhaftigkeit, die sie eine Minute reizend, nach einer Viertelstunde unerträglich erscheinen läßt. Selbst ohne ihre Worte zu verstehen, fühlt man, daß sie einer schwachen, fahrigen Rasse angehören, errät ihren Hochmut, ihre Sprunghaftigkeit, sieht, wie sehr sie sich zum Beispiel von jener Engländerin unterscheiden, der ihr ganzer Spott gilt: sie sitzt auf einer Stufe und zeigt ihre großen, unvorteilhaft beschuhten

Füße mit keuscher Gleichgültigkeit ... Jetzt komme ich an die Reihe. Ich höre, wie man von gutinformierter Seite erklärt:

»Das ist eine junge Witwe, die jedes Jahr herkommt wegen eines gewissen Tenors ...« Solch rege, verleumderische Einbildungskraft entlockt mir ein Lächeln, und ich gehe zu Marthe, die sich, weiß und veilchenfarben, auf ihren hohen Sonnenschirm stützt, ihre ganze Versailles-Anmut spielen läßt, Bekannte erkennt, Begrüßungsfloskeln austeilt und gleichzeitig mit der stillschweigenden Bestandsaufnahme sämtlicher Hüte beschäftigt ist ... Maugis, dieser widerwärtige Kerl, steht dicht neben ihr ... Schon wieder! Nein, da gehe ich lieber zu Claudine zurück! Aber Claudine, eine riesige Cremeschnitte in der bloßen Hand, redet eifrigst mit einem seltsamen kleinen Geschöpf. Dieses braune, von tanzenden Locken umrahmte Zigeunergesicht, dessen Augen und Lippen aussehen wie waagrechte Pinselstriche, sollte ich doch kennen? Ist das nicht ... Mademoiselle Polaire? Polaire in Bayreuth? Zu unwahrscheinlich, um wahr zu sein.

Beweglich, geschmeidig, eine Schleife im Haar (weiß die Polaires, schwarz die Claudines), scheinen die beiden Frauen einander auf den ersten Blick zu gleichen, zumindest nach Ansicht der gierigen Betrachter. Ich finde nicht. Claudines Locken sind knabenhafter, ungebärdiger, ihre Augen blicken dunkler, herausfordernder und dennoch gesänftigt. In Polaires Blick hingegen – den schönsten Berberaugen, die ich jemals sah – liegt der ganze Zauber von Tausendundeiner Nacht ...

Aber dennoch. Die beiden ähneln einander. Renaud streicht im Vorbeigehen über beide Köpfe, rasch, wie unabsichtlich, mit belustigter Zärtlichkeit. Er bemerkt meinen entgeisterten Blick und sagt lachend:

»Jawohl, Annie, Polaire! Unsere kleine Lily.«

»Ihre Tiger-Lily!« vervollständigt Maugis näselnd und mimt einen Cake-Walk mit übertriebenen Hüftschwüngen, die zu belachen ich mich schäme.

> *»She draws niggers like a crowd of flies,*
> *She is my sweetest one, my baby Tiger Lily.«*

Jetzt weiß ich mehr ...

Neugierig trete ich näher, fast ohne zu wollen. Claudine bemerkt mich. Eine herrische Gebärde winkt mich herbei. Wie ungeschickt von mir ... Verlegen stehe ich vor dieser kleinen Schauspielerin, die mich kaum beachtet, so eifrig ist sie damit beschäftigt, elegant auf einem Bein zu balancieren, ihre braune, rötlich schimmernde Mähne zurückzuwerfen und irgend etwas zu erklären, mit erstaunlicher Zungenfertigkeit und einer rauhen, kehligen Stimme von seltsamem Wohllaut.

»Wenn ich tragisches Theater spielen soll, muß ich mir den ganzen Klimbim von früher anschauen. Also hab' ich mir gedacht, ich fahr' nach Bayreuth, dort kann ich was lernen.«

»Ihre Pflicht und Schuldigkeit!« bestätigt Claudine. Aus ihren tabakbraunen Augen spricht helles Entzücken.

»Dabei wohne ich dort, wo sich die Füchse gute Nacht sagen, ganz am Ende der Stadt, in der Bambushütte ...«

»In der Bambushütte ... Was für ein eigenartiger Hotelname ...«

Claudine, meines entgeisterten Staunens gewahr, erklärt mit Engelsgüte: »Der Bambus der Markgräfin.«

»Das macht aber nichts«, fährt Polaire fort, »ich bin froh, daß ich hergefahren bin. Obwohl unsere Dekorationen – Sie wissen ja, Claudine, die bei Madame Marchand – zehnmal so hübsch waren wie dieses Gelumpe! Und dann, wenn Sie mich fragen ... auf ihren Wagner brauchen sie sich wirklich nichts einzubilden! Seine Musik ist –«

Was jetzt folgt – offensichtlich ein Ausdruck übelsten Argots –, ist mir unverständlich.

»Das sagt Annie auch immer«, haucht Claudine, mit einem Blick auf mich.

»Ah! Madame ist derselben Meinung? Sehr erfreut, Sie kennengelernt zu haben ... Was hab' ich gerade gesagt? Ah, ja. Jetzt schau' ich mir schon zum zweitenmal diesen Parsifal an – es ist kaum zu glauben! Haben diese Gauner nicht meine Frisur kopiert, die ich damals in Berlin getragen habe, im ›Wintergarten‹ bei meinem Chanson ›Der kleine Kohn‹! Schauen Sie sie nur an, diese Kundry! Das Band um die Stirn, die Blumen, der nachschleifende Schleier – haargenau dasselbe!«

Polaire schweigt triumphierend und holt Atem. Ihre abnormal schlanke Taille – sie könnte sich mit einem steifen Kragen gürten – schwankt über hohen, bleistiftdünnen Stöckeln.

»Sie sollten sich beschweren!« rät Claudine hitzig.

»Nie!« erwidert Polaire, bebend wie ein Reh. Ihre schönen Augen dunkeln. »Das ist unter meiner Würde. Ich bin nicht wie die andern. Mich beschweren? Bei diesen deutschen Klötzen? Kommt nicht in Frage. Nein, nein. Außerdem wär' kein Ende abzusehen! Da, gleich, in diesem Parsifal, wo der Dicke ins Wasser fällt und der zottige Kerl ihn anspritzt, da faltet er die Hände – haben Sie gesehen? – und richtet sich zu dreiviertel auf ... genau meine Pose aus dem ›Zuhälterchanson‹! Ja, ich steh' was aus, das können Sie mir glauben! In meinem Korsett ist rechts schon das ganze Fischbein gebrochen!«

Forschend betrachte ich ihr bezauberndes Gesicht, dessen filmische Wandlungsfähigkeit übergangslos Entzücken, Auflehnung, afrikanische Wildheit und rätselvolle Melancholie ausdrückt – flüchtige Schatten, die Polaires jähes, ihren ganzen Körper schüttelndes Lachen verscheucht, während sie ihr spitzes Kinn hebt wie ein Hund, der den Mond anbellt. Dann bietet sie uns das brave, ernste »Adieu!« eines guterzogenen Mädelchens und geht.

Ich blicke ihr nach, betrachte ihren federnden Gang, bewundere die Geschicklichkeit, mit der sie sich zwischen den Leuten hindurchschlängelt: eine Drehung der Hüfte, unerwartet und brüsk wie ihre Redeweise, Posen, die an die Haltung eines dressierten Tiers erinnern, das verstünde, auf den Hinterfüßen zu gehen ...

»Zweiundvierzig Taille!« träumt Claudine. »Das ist eine Schuhnummer, kein Gürtelmaß!«

»Annie! Annie – ich rede mit dir!«

Ich fahre auf:

»Ja ... Ich höre ...«

»Was sagte ich eben?«

Unter dem durchdringenden Blick meiner Schwägerin wende ich verwirrt den Kopf ab.

»Ich weiß nicht, Marthe.«

Sie zuckt die Achseln, deren Rosenfarbe durch die Spitzenbluse schimmert. Die weiße Bluse mit den tief eingesetzten Ärmeln ist zwar hart an den Grenzen des Anstößigen, jedoch hochgeschlossen: ein Umstand, den Marthe offensichtlich als Berechtigung betrachtet, sich darin auf der Straße zu zeigen, ruhig, ja erfreut unter den Blicken der Männer ... Ihre Gegenwart stört mich.

Mit einem Zerstäuber bewaffnet, ertränkt sie ihre rotblonde Haarfülle in einem Duftmeer. Ihr Haar ist schön ... lebendig, ungebärdig wie sie selbst.

»Genug, Marthe, genug! Du riechst zu gut!«

»Man riecht nie zu gut! Außerdem soll man mir nicht

nachsagen können, daß ich nach ›rotem Haar‹ rieche ... So. Wie ich sehe, bist du von deiner Wolke herabgestiegen. Ich wiederhole: wir dinieren heute im ›Berlin‹, dem hochfeinen ›Berlin‹. Da staunst du, was? Maugis führt uns aus.«

»Schon wieder!«

Wider Willen entfährt mir die Bemerkung. Ein Blick, spitzer als ein Hornstoß, ist Marthes Antwort. Sie geht zum Angriff über, tapferer als ich:

»Was soll das heißen? Willst du vielleicht andeuten, daß wir auf seine Kosten leben? Schließlich ist es nur recht und billig, daß er sich revanchiert: vorgestern haben wir ihn eingeladen.«

»Und gestern?«

»Gestern? Das war etwas anderes. Wer wollte uns schließlich die historische Kneipe ›Sammet‹ zeigen? Außerdem war das Essen dort – hartes Fleisch und weicher Fisch – ein solcher Schlangenfraß, daß er uns eine Entschädigung schuldet!«

»Euch vielleicht. Mir nicht.«

»Er ist eben ein wohlerzogener Mensch, der keine Unterschiede macht.«

»Wohlerzogen? Es wäre mir lieber, er beschränkte sich darauf, erzogen zu sein.«

Marthe glättet ihr Nackenhaar mit kurzen, wütenden Bürstenstrichen.

»Reizend! Beste Ironie! Du machst dich, das kann man nicht leugnen. Sollten deine Fortschritte auf deinen Umgang mit Claudine zurückzuführen sein?«

Sie stellt diese Frage mit solcher Schärfe, daß ich zusammenschauere, als berühre sie mich mit den Spitzen ihrer Nägel ...

»Ich habe bei meinem Umgang mit Claudine nichts zu

verlieren – was man von deinem mit Maugis nicht eben behaupten kann …«

Sie fährt herum und bietet mir die Stirn, behelmt mit flammendrotem Haar:

»Sieh da! Ratschläge? Du traust dich was! Jawohl, du traust dich was, deine Nase in Dinge zu stecken, die dich nichts angehen! Du willst mich erziehen? Dazu habe ich einen Mann, meine Liebe! Und im übrigen wundert es mich, daß du es wagst, Dinge zu bekritteln, die Léon durchaus korrekt findet …«

»Marthe, ich bitte dich –«

»Genug, ja? Ein für allemal. Verstanden? Monsieur Maugis ist im Grunde ein ergebener Freund.«

»Marthe, hör auf, um alles in der Welt. Beleidige mich, wenn's dir Spaß macht, aber gib ›Monsieur Maugis‹ weder als korrekten, ergebenen Freund aus noch Léon als unumschränkt herrschenden Gatten … Für so dumm darfst du mich wirklich nicht halten …«

Auf diese Antwort war sie nicht gefaßt. Sie hält den Atem an, kämpft mit sich, schweigend und hart, und meistert ihre Wut endlich mit einer Willenskraft, die mir die Häufigkeit solcher Krisen beweist.

»Komm, Annie … übertreib nicht, bitte. Du weißt, was für Sorgen ich habe … Und dann glaube ich, du stichelst absichtlich …«

Sie lächelt – noch zittern ihre Mundwinkel – und fügt hinzu:

»Du kommst mit uns, ja?«

Ich zögere. Sie schlingt den Arm um meine Taille, zärtlich, geschickt. Oh, ich kenne diese Art: genauso ging sie zu Werke, wenn es galt, Alain aufzuheitern …

»Das bist du meinem Ruf schuldig, Annie! Denk doch: dann glauben die Leute, dir macht Maugis den Hof!«

Wir sind versöhnt. Aber unsere Freundschaft springt – das fühle ich ganz deutlich – wie eine Eisdecke unter den ersten Sonnenstrahlen. Ich bin sehr, sehr müde. Der kleine Streit bleibt nicht ohne Folgen: die gefürchtete Migräne – seit gestern schwebt sie drohend über mir – entlädt sich mit aller Macht über mein armes Haupt. Trotzdem bin ich mit mir zufrieden. Noch vor einem Monat hätte ich Marthe nicht die Hälfte meiner Gedanken gesagt …

Schweigend, schweren Haupts lehne ich im Fiaker, der uns zum »Fliegenden Holländer« führt, den Finger an die Schläfe gepreßt.

»Migräne, Annie?« fragt Léon mitleidig.

»Migräne«, bestätige ich seufzend.

Er schüttelt den Kopf und betrachtet mich aus seinen sanften Tieraugen. Auch ich habe seit einiger Zeit Mitleid mit ihm. Wenn Marthe schon die Hosen trägt, könnte er gleich … Claudine spräche den Satz zu Ende. Meine Schwägerin sitzt friedlich zu meiner Rechten und bemehlt ihre Wangen, um sie gegen die Hitze zu schützen.

»Maugis kommt nicht«, sagt mein Schwager. »Er bleibt im Hotel.«

»Ah?!« sagt Marthe gleichgültig.

Was soll diese schnelle, fast unmerkliche Bewegung der Lippen? Verbeißt sie sich ein Lächeln?

»Ist er krank?« frage ich. »Vielleicht zu viele Grogs, gestern abend?«

»Nein. Aber er bezeichnet den ›Fliegenden Holländer‹ als ›sentimentale Schweinerei‹, als ›deutsch-italienisches Geschere‹, und behauptet, sämtliche Mitwirkende hätten ›dreckige Füße‹. Ich bitte Sie, mir zu glauben, Annie, daß ich nur seine eigenen Ausdrücke wiedergebe. Außerdem erklärt er, beim bloßen Gedanken an Daland, Sentas Vater, Bauchschneiden zu bekommen.«

»Diese Art der Kritik erscheint mir ein wenig seltsam«, bemerke ich ohne Sympathie.

Marthe schaut zum Fenster hinaus und scheint nicht darauf erpicht, das Gespräch weiterzuführen. Unser Gefährt kommt nur schrittweise voran, eingekeilt in die Kette der Fiaker. Zu unserer Linken rollen die leeren Wagen zurück, in vollem Galopp, von Staubwolken verhüllt. Da ist auch schon das Ziegeltheater (Claudine hat recht, es sieht aus wie ein Gasometer), die festlich-hellgekleidete Menge rundum, das Spalier blöde grinsender Einheimischer ... Dieser wohlbekannte Anblick läßt mich jene körperliche Ungeduld empfinden, die mich an manchen Tagen in Paris ergreift, wenn ich vom Fenster meines Schlafzimmers den kurzen, unerträglich bekannten Horizont betrachte. Aber damals hatte ich weniger anspruchsvolle Nerven, einen Herrn und Meister, der erfolgreich darauf bedacht war, jeden eigenen Willen in mir abzutöten, damals hatte ich Angst zu denken, Angst, die Augen aufzuschlagen.

Nur mir selbst, nur diesen unnützen Blättern will ich meine Enttäuschung über Bayreuth gestehen: Wodurch unterscheidet sich eine Pause des »Parsifal« von einem Pariser Tee, einem »Jour« bei meiner Schwägerin Marthe oder dieser abscheulichen Valentine Chessenet? Dasselbe Geschwätz, derselbe Klatsch, dieselbe böswillige Verleumdung, dasselbe Geschnatter, dasselbe Interesse für Toiletten und »Künstler«, dieselbe Gier, dieselbe Schamlosigkeit.

Wiederum führe ich am liebsten auf und davon. In Ariège betrachtete ich die Lichtbresche zwischen zwei Berggipfeln. Hier folgt mein Blick dem Rauch, der aus Fabrikschloten steigt, um sich mit ihm in der Ferne zu verlieren, dem Osten zu ... Wie soll ich mich vor ewigem Gleichmaß, allzu Bekanntem retten, wie vor der Mittelmäßigkeit, der

Gemeinheit, die ich ringsum bemerke? Vielleicht hätte ich wirklich – wie Claudine sagte – Alain begleiten sollen, gegen seinen Willen ... Doch nein. In ihm, an seiner Seite, hätte ich nur wiedergefunden, was ich jetzt zu fliehen versuche ... O Gott! Die Migräne ist eine trübe, hellsichtige Ratgeberin. Ich lausche ihr aufmerksamer als der Musik ... Äther, Vergessen, Versinken in frischer Ohnmacht ... das allein lockt mich. Eine Mark in die Hand des alten Logenschließers erkauft meine Freiheit, gestattet mir lautlose Flucht.

»Die Dame ist krank ...«

Ich laufe, nehme einen Fiaker, bin daheim. Toby schläft, zärtlich an meine Pantoffeln geschmiegt, fährt auf und jault vor Glück, mich so bald wiederzusehen. Einer wenigstens, der mich liebt! Nein, auch ich liebe mich. Ich blicke in den Spiegel, schaue mich an, kritisch, aufmerksam. Fern von diesem weißen Mann, dessen schimmernde Haut mich so schwarz erscheinen ließ, finde ich mich hübscher, gebe Marthe recht, die mich mit einem schlanken Krug aus feinem Ton verglich, einem Krug, aus dem zwei blaue Blütensterne leuchten. »Wilde Kresse ...« Sprach Claudine nicht, als träumte sie laut ... »Seht mich an, Kressenblumen, helle Augen, dichter bewimpert als eine Quelle in schwarzem Gras ...« Doch sie entzog mir ihren schutzspendenden Arm ...

Endlich, endlich liege ich auf dem zugedeckten Bett, halb ausgezogen, die göttliche Flasche ans Gesicht gedrückt ... Schon entschwebe ich ... schon ist's, als berieselten köstlich-kühle Wassertröpfchen meinen ganzen Körper. Der Schmied verlangsamt seinen Hammerschlag ... Nein, ich will nicht schlafen, ich fliehe die Bewußtlosigkeit, aus der man angeekelt erwacht. Heute verlange ich vom kleinen Äthergott, dem listigen Tröster mit zweideutig-sanftem Lächeln, nur das Schlagen weicher Flügel, nur das wiegende Schaukeln meines Betts ...

Ein kurzes wütendes Bellen weckt mich auf: ich fahre in die Höhe, steif vor Kälte, taste nach meiner Uhr. Ach was! Man wird mich nicht vermissen, beim Gasometer ... Die haben anderes im Kopf ... Meine Entrückung, mein jäher, berauschter Schlaf währten kaum eine Stunde ... Ich hätte geschworen, länger ... »Sei still, Toby, sei still ... Jeder Lärm tut meinen Ohren weh ...«

Er verstummt wider Willen, legt die stumpfe Nase auf die Pfoten und bläht die hängenden Wangen, als belle er noch in sich hinein. Lieber kleiner Wächter, schwarzer Freund, ich werde dich überallhin mitnehmen ... Ich horche. Er desgleichen. Im Nebenraum – dem Zimmer Marthes – fällt eine Türe ins Schloß. Sicher kommt die gefällige Madame Meider, das Zimmer zu »arranschieren«, Silberdöschen zu öffnen und die französischen Zeitschriften zu glätten, die im Papierkorb liegen.

Als ich gestern das Vorzimmer durchquerte, bemerkte ich in der Küche vier kleine, schwarzbeschürzte Meider-Mädelchen, die mit schmutziger, aber sorgfältiger Hand ein zerdrücktes Exemplar der *Vie en Rose* glattstrichen. Nun, sie werden Französisch lernen, die vier kleinen Meider, und was anderes obendrein ...

Es ist nicht Madame Meider. Man spricht französisch. Marthe! Marthe kommt, nach mir zu sehen ... So viel hingebungsvolle Sorge hätte ich ihr nicht zugetraut. Marthe und eine Männerstimme ... Léon? Nein.

Halb angezogen, sitze ich auf meinem Bett, mit hängenden Beinen, und suche vergebens, zu verstehen. Noch rauscht der Äther in meinen Ohren, noch fühle ich seinen verlangsamten Flügelschlag ...

Mein Knoten löst sich auf. Eine Schildpattnadel gleitet auf meinen Nacken, kalt und sanft wie ein Schlänglein. Wie sehe ich aus! Die Bluse offen, der Rock hinaufgeschoben, daß man meine dunkle Haut, meine beschuhten Füße sieht ... Der grünliche Spiegel wirft mein Bild zurück: bleicher Mund, Augen, die aussehen wie kaltes Wasser, umrändert von dunklen Schatten, deren Blau an die Farbe von Mißhandlungen gemahnt, an ihre Spur auf zarter Haut ...

Wer spricht in Marthes Zimmer?

Das Murmeln, nur hin und wieder von schneidendem Lachen oder lautem Ausruf meiner Schwägerin unterbrochen, will nicht verstummen ... Eine seltsame Unterhaltung, so viel steht fest. Plötzlich ein Schrei. Eine Männerstimme flucht. Dann Marthe, ärgerlich: »Warum hast du deinen Fuß nicht aufgestützt?«

In höchster Verwirrung hake ich meine Bluse zu, mit zitternden Händen, streiche meinen Rock glatt, als hätte man mich überrascht, versuche wohl zehnmal vergebens, ein und denselben unnötigen Kamm in mein Haar zu stecken ... Wer ist nebenan, mein Gott? Marthe sagt zu ihrem Gatten immer »Sie« ...

Stille. Was soll ich tun? Und wenn »dieser Mann« Marthe ein Leid getan hätte? Oh! Ich wünschte, ich wünschte, er hätte ihr nur Leid zugefügt, wäre ein Dieb, ein Räuber, ein messerbewehrter Bandit, so häßlich, so abscheulich sind die Dinge, die ich hinter dieser Türe ahne! Ich will wissen, will sehen ...

Ich fasse den Riegel, öffne, stoße die Türe mit aller Kraft auf, den Arm vors Gesicht gelegt, als fürchte ich Prügel – und sehe, ohne zu verstehen, Marthes milchweißen Rücken, ihre bloßen, dem Hemd enttauchten Schultern. Sie ... sitzt auf dem Schoß Maugis', eines hochroten, zusammengesunkenen, ganz angezogenen Maugis, glaube ich ... springt mit einem Schrei auf und zeigt des abscheulichen Menschen wahren Zustand ...

Ich sehe Marthe an: mit ihrer weiten, pludernden Batisthose, dem flammendroten Haar gemahnt sie mich unwiderstehlich an einen weiblichen Clown ... Doch welch tragischer Clown, weißer als das traditionelle Mehl, mit wutgeweiteten, mörderischen Augen ... Ich bringe keinen Laut hervor.

Maugis' Stimme bricht das Schweigen, spöttelnd in niedrigster Weise: »Was meinst du, Marthe? Jetzt, wo uns die Kleine erwischt hat, können wir die Volksbelustigung ebensogut beenden ... Was riskieren wir schon?«

Mit knapper Kopfbewegung weist sie ihm die Türe. Dann geht sie auf mich zu und stößt mich in mein Zimmer, so brutal, daß ich taumle.

»Was hast du hier zu suchen? Bist du uns gefolgt?«

»Nein!«

»Du lügst.«

Ich richte mich auf, nehme meinen ganzen Mut zusammen und blicke ihr in die Augen. »Ich lüge nicht. Ich hatte Migräne, bin nach Hause gegangen. Ich habe dem Billeteur Geld gegeben, damit er mich hinausläßt ...«

Marthe lacht mit geschlossenem Mund, als hätte sie den Schluckauf.

»Ach! Dem Türhüter eine Mark geben, das kannst du also auch schon? Mein Kompliment, Annie! Du bist reif für große Unternehmungen! Alain wird sich wundern ... Deine Migräne laß' ich mir noch gefallen ... Aber was hast du in meinem Zimmer verloren?«

Wie tapfer ist doch eine Frau! Diese hat ihr Element gefunden, ihre wilde Barrikadenkühnheit. Ebenso würde sie einer Armee Trotz bieten, mit derselben Blässe, denselben durchbohrenden Blicken, die Fäuste in die Hüften gestützt ...

»Wirst du endlich den Mund aufmachen? Worauf wartest du noch? So geh doch zu Léon und sag ihm, daß er Hörner aufhat!«

»Du weißt sehr gut, Marthe, daß ich das nicht tun werde.«

Sie betrachtet mich einen Augenblick mit hochgezogenen Brauen.

»Seelengröße? Danke schön. Das verfängt bei mir nicht. Ein Manöver, um mich bis an mein Lebensende in der Hand zu haben? Das wird dir nicht gelingen! Lieber sag' ich's ihm selbst, diesem Idioten ...«

»Du verstehst mich nicht, Marthe«, erwidere ich mit einer Gebärde müder Ungeduld. »Was mich aufregt, ist nicht so sehr die ... die ... Sache an sich, sondern der Mensch, den du dir ausgesucht hast ... Oh! Marthe! Dieser Kerl ...«

Sie beißt sich auf die Lippen, verletzt. Dann zuckt sie die Achseln, traurig und bitter.

»Ja, ja, du bist noch eine von diesen Gänsen, für die sich der Ehebruch – ein wohlklingendes Wort, nicht wahr, das dir gefällt! – unter Blumen verbergen, durch Schönheit, Leidenschaft und Weltvergessenheit der Liebenden veredeln muß ... Ah, meine Teure, behalte deine Illusionen! Ich behalte meine Sorgen ... und meinen Geschmack. Dieser Kerl, wie du ihn nennst, besitzt unter anderen Qualitäten eine hilfreiche Brieftasche, eine Art schmieriger Skrupellosigkeit, die mir gefällt, und den Takt, keinerlei Eifersucht zu kennen. Er stinkt nach Schnaps? Möglich. Immerhin – sein Geruch ist mir tausendmal lieber als der meines Gatten. Léon riecht nach kaltem Kalbfleisch.«

Sie läßt sich auf einen Sessel fallen, plötzlich erschöpft.

»Jedermann hat nicht das Glück, mit Alain zu schlafen,

meine Liebe! Dieses Vorrecht genießt lediglich ein kleiner Personenkreis – den ich nur mäßig beneide.«

Was wird sie sagen? Sie wirft mir ein böses Lächeln zu und fährt fort:

»Außerdem muß mein reizender Herr Bruder – bei aller Liebe sei es gesagt – ein bemerkenswerter Liebhaber sein. Eins-zwei-drei, bis zum nächstenmal, Madame, nicht wahr?«

Ich wende den Kopf ab, Tränen in den Augen. Marthe hakt ihr Kleid zu, steckt ihren Hut fest und spricht weiter, mit trockener, fiebriger Stimme:

»Darum ist mir auch rätselhaft, wieso Valentine Chessenet, die sich doch auf Männer versteht, so lange auf ihn versessen war ...«

Oh, diesen Namen ahnte ich voraus. Doch auch ich bin tapfer, auf meine Weise. Regungslos erwarte ich das Ende. Meine Schwägerin nimmt ihre Handtasche, greift nach dem Sonnenschirm und öffnet die Türe:

»Anderthalb Jahre, meine Liebe, anderthalb Jahre Korrespondenz und regelmäßige Zusammenkünfte. Zweimal pro Woche. Das war geregelt wie eine Klavierstunde.«

Ich streichle meinen kleinen Hund, mit kalter Hand. Oh, ich wirke ganz gleichgültig. Marthe senkt das Schleierchen ihres rosenbesteckten Huts, leckt das Zuviel des Lippenrots von ihrem Mund und beäugt mich im Spiegel. Sie wird nichts bemerken. »Ist es schon lange her, Marthe? Ich hörte zwar davon, aber nie etwas Konkretes.«

»Lange? Gott, ja, ziemlich lange. Seit vorigen Weihnachten ist es aus – sagt man. Acht Monate – schon längst nicht mehr aktuell! Adieu, große Seele!«

Sie schmettert die Türe ins Schloß. Sicher ist sie jetzt mit sich zufrieden, sicher denkt sie: »Soll Annie reden, wenn's ihr Spaß macht ... ich rächte mich im voraus.«

Sie weiß nicht, daß ihr Dolch, den sie tötend glaubte, nur eine leere Hülle traf ...

Ich fühle mich wie zerschlagen. Müdigkeit, brennende Schmach des Erlebten, Ungewißheit über meine Zukunft – all das vereint sich zu schwerem, drückendem Traum. Eines weiß ich genau: es wird mir unmöglich sein, Marthe täglich zu sehen, dicht neben ihr, an der Seite ihrer herausfordernden Hübschheit, das violett angelaufene Gesicht dieses widerwärtigen Menschen auftauchen zu sehen, der fast zur Gänze bekleidet war ... Das also ist Ehebruch? Das, was sie taten, soll Liebe sein? Alains kurze, einförmige Liebkosung beschmutzte mich weniger als dies ... Wenn ich zu wählen hätte ... Aber ich will nicht wählen.

Ich will auch nicht hierbleiben, werde weder Tristan hören noch Claudine wiedersehen ... Adieu, Claudine, die du mich fliehst ... Seit jenem bewegten Augenblick, da sie meine Herzensnot erahnte, jener zwielichtigen Stunde, da ich mich so sehr versucht fühlte, sie zu lieben, meidet sie die Gelegenheit, unter vier Augen mit mir zu sprechen, lächelt sie mir von ferne zu wie ein Land, von dem man ungern scheidet ...

Vorwärts, suchen wir einen anderen Weg ... Die Zeit verrinnt. Bald kommt der Herbst, bald wird Alain das Schiff besteigen, das ihn heimbringt – zum erstenmal denke ich daran –, und meine kindliche Vorstellung zeigt ihn mir beladen mit prallen Säcken leuchtender Goldstücke, rötlich schimmernd wie sein Haar ...

Ein Satz seines letzten Briefs kommt mir in den Sinn:

»Ich habe festgestellt, meine liebe Annie, daß Sie dem Typ gewisser Frauen dieses Landes ähneln. Die hübschesten haben schwarzes Haar wie Sie, lang und schwer, schöne dichte Wimpern, einen braunen, gleichmäßigen Teint und denselben Hang zu Müßiggang und verträumtem Sinnen.

Allerdings erklärt und entschuldigt das hiesige Klima ihre Neigungen. Vielleicht wäre zwischen uns vieles anders, lebten wir in diesem Land ...«

Wie! Dieser klare, selbstbewußte Geist sollte sich umwölken, sollte unseren ... Stundenplan aus einem Antrieb ändern, verbessern wollen?

Oh, keine Änderungen mehr! Genug der Enttäuschungen, der Überraschungen! Ich bin es müde, bin erschöpft, noch ehe ich mein Leben zum zweitenmal begann. Einen stillen, weißen Winkel, neue Menschen, hinter deren unbekannten Gesichtern ich alles vermuten darf – mehr verlange ich nicht.

Mühsam stehe ich auf, mache mich auf die Suche nach Léonie und finde sie schließlich in der Küche, umringt von vier entzückten kleinen Meiders, denen sie mit markigem Bariton ein Liedchen vorsingt:

»O schenke mir nur einen Blick,
du bist mein Traum, du bist mein Glück –«

»Léonie, bitte packen Sie. Ich fahre noch heute.«

Sie folgt mir entgeistert, sprachlos vor Staunen – die kleinen Meiders werden auf den Schluß des Liedes verzichten müssen –, und versenkt sich unwillig in meinen Koffer.

»Ist Madame Léons Koffer auch zu packen?«

»Nein. Ich reise allein, nur mit Ihnen und Toby.« Und ich füge verlegen hinzu: »Ich habe ein Telegramm bekommen.«

Léonies Rücken glaubt kein Wort.

»Sobald Sie fertiggepackt haben, fahren Sie mit dem Koffer zur Bahn. Ich komme mit dem Hund nach.«

Ich habe solche Angst, daß sie nach Hause kommen, blicke jeden Moment auf die Uhr. Gesegnet seien – heute zumindest – diese endlosen Vorstellungen. Sie ermöglichen meine Flucht.

Ich zahle meine Rechnung, ohne einen Blick darauf zu werfen, und gebe ein Trinkgeld (ich kenne mich mit den hiesigen Gepflogenheiten nicht aus), das die vier kleinen schwarzbeschürzten Mädchen vor Freude in die Luft springen läßt. Man ist nicht stolz im Frankenland!

Endlich bin ich mit Toby allein. Zur Feier der Reise trägt er ein dachshaarbesetztes Lederhalsband. Sein kleines schwarzes Gesicht folgt jeder meiner Bewegungen. Er wartet und versteht. Die Stahlkette schleift hinter ihm her. Noch eine Viertelstunde. Schnell ein Briefchen an Marthe, in verschlossenem Kuvert:

»Ich fahre nach Paris. Erkläre Léon, was du willst.«

Mein Herz ist schwer, und ich empfinde den ganzen Jammer meiner Einsamkeit. Wie gern schiede ich mit zärtlicherem Abschied ... Aber von wem? Ich glaube die Antwort gefunden zu haben:

»Meine liebe Claudine, ein unerwartetes Ereignis zwingt mich zu sofortiger Abreise. Es ist ein schmerzlicher, überstürzter Abschied. Glauben Sie nicht, daß Alain, Marthe oder mir etwas zugestoßen sei. Ich fahre weg, weil ich mich hier nicht wohl fühle, weil ich alles als drückende Last empfinde. Bayreuth ist zu nahe bei Arriège, Arriège zu nahe bei Paris. Dorthin kehre ich zurück.

Sie zeigten mir allzudeutlich, daß es dort, wo nicht die große Liebe herrscht, nur Mittelmäßigkeit gibt und Jammer. Wo mir Heilung zuteil werden wird, weiß ich nicht. Ich fahre weg, der Abwechslung wegen – und um zu warten.

Vielleicht hätten Sie mich zurückzuhalten vermocht, Claudine, Sie, die Sie Zärtlichkeit und Zuversicht ausstrahlen. Doch seit jener Stunde im Garten der Markgräfin scheinen Sie es nicht mehr zu wollen. Sicher haben Sie recht. Es ist nur billig, daß Sie die Flamme, die mich einen kurzen Augenblick erhellte, für Renaud bewahren, ungeschmälert und rein.

Aber schreiben Sie mir, Claudine – wenigstens einen einzigen Brief. Richten Sie mich auf, sagen Sie mir – selbst gegen Ihr besseres Wissen –, daß meinem Schmerz ein Kraut gewachsen ist ... Denn ich denke an die Rückkehr Alains mit solch verworrener Furcht, daß mir nicht einmal die Hoffnung klar erscheint ...

Adieu! Raten Sie mir. Und dulden Sie, daß ich in Gedanken noch einmal den Kopf an Ihre Schulter lehne wie in der Markgräfin Garten.

ANNIE.«

Elf Uhr vormittags. Ankunft in einem traurig-trockenen, hochsommerlichen Paris. Ich habe das Gefühl, vom Ende der Welt zurückzukommen, mit leerem Magen und schwerem Kopf, habe nur den einen Wunsch, zu schlafen, lasse Léonie mit den Zollbehörden kämpfen und fahre im Fiaker nach Hause.

Der Wagen hält vor dem kleinen Palais. Das Geräusch lockt den Portier auf die Schwelle, in Hemdsärmeln, ohne Livree, sowie seine Frau – meine Köchin –, deren gefleckte Wangen sich abwechselnd rot und blaß färben. Zerstreut lese ich aus ihren Gesichtern Überraschung, Verlegenheit, verletzte Würde korrekter, unkorrekt behandelter Diener ...

»Madame! Aber wir haben Madames Depesche nicht erhalten ...«

»Ich habe keine geschickt.«

»Ah! Das habe ich auch gesagt. Monsieur ist nicht mit Madame angekommen?«

»Offenbar nicht. Ich möchte so bald wie möglich essen, was auch immer – Eier oder ein Kotelett. Léonie folgt mit dem Koffer.«

Langsam steige ich die Treppe hinauf, gefolgt vom Portier, der eilends einen grünen, mit matt gewordenen Messingknöpfen besetzten Rock überwirft, und betrachte, ein wenig verloren, dieses kleine Palais, auf dessen Kauf Alain bestand.

Ich legte keinen besonderen Wert darauf. Aber wann befragte er mich schon? Mir wollte ein kleines Palais – unterhalb eines gewissen Preises – gewöhnlicher und unbequemer scheinen als ein guteingerichtetes Appartement.

Aber was tut's? Gleichgültig blicke ich um mich wie eine Dame auf Reisen ... Der Abdruck fünf schmutziger Finger ziert meine weiße Schlafzimmertüre. Die Glühbirne am Korridor ist gesprungen. Schon will ich anordnen, von alter Gewohnheit getrieben, daß man die Türe wasche, die Birne ersetze – da besinne ich mich, wende den Kopf ab und schweige.

Eine Welle schüchterner Sanftheit, uneingestandener Entmutigung schlägt mir entgegen, als ich mein weiß-gelbes Zimmer betrete. Meine Verkrampfung löst sich. Hier, auf diesem lackierten Schreibtisch, der den Staub kaum zeigt, schrieb ich die ersten Zeilen meines Tagebuchs ... Dieses große, flache Bett, in das mein leichter Körper kaum seine Spur gräbt, war der Schauplatz unzähliger Migränen, Ängste und Niederlagen. Hier erlebte ich schattenhafte Liebe, unvollkommene Lust ... Welche Träume werden mich in diesem Bett heimsuchen, nun, da ich meiner Angst, meiner schmerzlichen Bescheidung, des letzten Schattens der Liebe ledig bin? Seltsam: ein schwaches Geschöpf wie ich, jeder Hilfe entgegendürstend, ist plötzlich allein – man weiß nicht, wieso – und welkt nicht vor sich hin, stirbt nicht ab wie eine gewaltsam geöffnete Knospe? Vielleicht stirbt man nicht ... so schnell ... Wie von selbst gehe ich zum Kamin, mich im Spiegel zu betrachten.

Oh, es hätte mich nicht erstaunt, im Kristall das Bild einer geschwächten, verminderten Annie zu sehen, mit noch schmäleren Schultern, noch biegsamerer Taille ... Mein Bild überrascht mich. Ich stütze die Ellbogen auf, es genauer zu besehen. Das dunkle Haar, verfilzt von einer Nachtfahrt, umrahmt mit scharfem Rand das schmale Oval des braunen Gesichts. Doch nicht nur die müde Falte an den Mundwinkeln verändert die Linie der Lippen: sie selbst dünken mich entschlossener, weniger flehend. Auch die Augen blicken gerader, tragen, ohne so oft nachzugeben, das seidige Dach der Wimpern. »Wilde Kressenblumen ...« Oh, meine hellen Augen, mein einziger wahrhafter Schmuck, niemals werde ich euch betrachten, ohne Claudines zu denken, die, euch zugeneigt, lachend sagte: »Ihre Augen sind so hell, Annie – man sieht bis auf die andere Seite!« Sie hatte recht ... hell waren sie, hell wie eine leere Flasche. Die Erinnerung an Claudine bewegt mich seltsam, die Neuheit meines Bilds berauscht mich ... Ich neige das Haupt und drücke die Lippen auf meine bloße Hand ...

»Soll ich Madames Koffer auspacken?«

Léonie, erhitzt und außer Atem, mißt dieses Zimmer, das man offensichtlich »ganz gründlich machen muß«, mit feindseligem Blick.

»Ich weiß noch nicht, Léonie ... Ich erwarte einen Brief ... Hängen Sie nur die Kleider auf und die Seidenunterröcke. Das übrige eilt nicht.«

»Bitte sehr, Madame. Hier ist übrigens ein Brief von Monsieur. Der Portier hätte ihn beinahe nach Deutschland geschickt.«

Mit jäher Bewegung greife ich nach dem unerwarteten

Schreiben und gehe in Alains Arbeitszimmer, es ungestört zu lesen. Ich lasse die Jalousien herunter.

»Meine liebe Annie, ein sehr müder Gatte schreibt Ihnen heute. Seien Sie unbesorgt: ich sage nicht ›krank‹, sondern ›müde‹. Es hat schwere Kämpfe gekostet, die Werte, die in Stierbestand vorhanden waren, in Geld umzuwandeln. Ich deutete Ihnen diese Schwierigkeiten bereits an, werde sie Ihnen aber noch in allen Einzelheiten erläutern. Zu meiner Freude ist es mir gelungen, mein Ziel auf ehrenhafte Weise zu erreichen und eine runde Summe nach Hause zu bringen. Sie werden mir eine Reise danken, Annie, die mir gestatten wird, unseren Lebensstil zu heben und Ihnen einen Pelz zu schenken, ebenso prächtig wie der von Madame – Sie wissen, wen ich meine? Meine Schwester nennt sie – allzu frei, allerdings – die ›Chessenet‹.

Die Sonne ist drückend, wie stets zu dieser Zeit. Im Hof sitzt ein junges Mädchen und näht – oder gibt vor, zu nähen. Zwischen ihrer reglosen, vorgeneigten Gestalt mit dem schweren Knoten und der Ihren, Annie, besteht eine seltsame Ähnlichkeit, die ich schon des öfteren festgestellt habe. Nur fehlt bei Ihnen die rote Blume im Haar und das gelbe Brusttuch. Aber wie dem auch sei – dieser Anblick läßt meine Gedanken zu Ihnen und zu meiner Rückkehr schweifen, die nur mehr eine Frage von Tagen ist ...«

Von Tagen! Ach ja ... es ist schon lange her ... Von Tagen ... Dachte ich nicht schon, er würde niemals wiederkehren? Er kommt, er verläßt das ferne Land, das braune Mädchen, das mir gleicht, das er vielleicht Annie nennt, in Gewitternächten ... Er kommt zurück, und ich habe mein Schicksal noch nicht entschieden, habe meinen Mut nicht zusammengerafft, weder gegen mich noch gegen ihn ...

Der Brief flattert zu Boden. Ich lasse ihn liegen, gedankenverloren, blicke um mich. Nichts in diesem Arbeitszimmer, das auch als Rauchsalon dient, gemahnt an seinen Herrn. Nichts liegt herum, nichts fesselt das Auge. Das Fehlen der grünen Wandbespannung läßt die weiße Mauer leer und ungewohnt erscheinen. Nein, hier fühle ich mich nicht wohl. Ich werde wegfahren.

»Léonie!«

Der bewährte Gendarm eilt herbei, an jedem Zeigefinger einen Rock.

»Léonie, ich fahre morgen nach Casamène.«

»Nach Casamène? Oh! Nein!«

»Was heißt ›Nein‹?«

»Madame hat der Wirtschafterin nicht geschrieben. Das Haus ist zugesperrt, nicht geputzt, Vorräte sind keine da, dann brauche ich mindestens zwei Tage, um die Sachen in Ordnung zu bringen, die Madame braucht, die Alltagsröcke von Madame haben kaputtes Futter, und das weiße Batistkleid, wo wir in Deutschland keine Putzerei gefunden haben, muß gereinigt werden, dem Unterrock seine Spitze muß man auswechseln, und überhaupt –«

Ich halte mir die Ohren zu, von Léonies Grammatik beeindruckt.

»Hören Sie auf! Für all das haben Sie zwei Tage Zeit. Und schreiben Sie der Wirtschafterin, daß ich« (ich zögere eine Sekunde) »außer Ihnen niemanden mitbringe. Sie wird kochen.«

»Sehr wohl, Madame.«

Léonie entfernt sich würdigen Schritts. Wieder einmal habe ich sie beleidigt. Untergebene bedürfen so vieler Rücksichten. Alle Dienstboten, die jemals in diesem Haus gearbeitet haben, waren zartbesaitete, mürrische Wesen, auf deren Gesichtern sich die Launen anderer widerspiegelten ... in Abwesenheit Alains.

Morgen reise ich ab. Höchste Zeit: meine Geduld geht zur Neige. Der Hintergrund meines Ehelebens wird mir unerträglich, selbst der Salon Louis XV, in dem ich jeden Freitag dem Klingeln der ersten Besucherin entgegenzitterte, entsetzt und gelehrig. Ich übertreibe. Damals – seltsam, wie dieser Abschnitt meines Lebens in immer tiefere Ferne zurückzuweichen scheint – war ich gelehriger denn entsetzt, ja fast glücklich, eines furchtsamen, farblosen Glücks. Heute bin ich unstet, entmutigt, aber hartnäckiger. Ist mein Los darum besser? Welch schwierige Frage für solch müdes Hirn ...

Nichts in diesem kleinen schmalen Palais, das einem Turm ähnelt, wird an mich erinnern, nichts bleibt von mir zurück. Großmutter Lajarrisses Möbel fanden vor Alains Augen keine Gnade – also blieben sie in Casamène. Einige Bücher, einige Porträts von Annie ... das übrige gehört meinem Gatten. Den englischen Schreibtisch – ich schenkte ihn meinem Mann vor drei Jahren – behielt er in seinem Arbeitszimmer, aus Barmherzigkeit. Indiskret fasse ich den Kupfergriff der Lade, ziehe daran. Sie widersteht. Kein Wunder. Ein ordnungsliebender Mann verschließt seine Laden, ehe er auf Reisen geht ... Ich trete näher. Ein durchsichtiges, fast unsichtbares Gummiband überklebt den Spalt zwischen Lade und Tisch. Sieh da! Meines Gatten Vertrauen zu seinen Dienstboten scheint mir nicht beachtlich ... Gilt aber solcherart verhehlte Vorsicht nur dem Kammerdiener? Marthes wutverzerrtes Gesicht taucht plötzlich vor mir auf: »Anderthalb Jahre, meine Liebe, anderthalb Jahre Korrespondenz und regelmäßige Zusammenkünfte ...«

Der Stil Valentine Chessenets würde mich interessieren ... Nicht, daß mich etwa fürchterliche Eifersucht ergriffe, daß meine Hand wie im Fieber nach den Briefen zuckte ... O nein. Ich finde nur, wenn man einmal so weit ist wie ich, sind Skrupel ein lächerlicher Luxus.

Sämtliche Schlüsselchen meines Bundes scheitern an dem kleinen dosischen Schloß. Hilfe holen? Nein.

Ich blicke mich suchend um. Ah – dieses dünne Stahllineal auf dem Schreibtisch ... Ja, so wird's gehen ... mit Hebelwirkung.

Ich schiebe das Lineal in den Spalt ... oh, wie anstrengend. Mir wird heiß, mein Daumennagel bricht – ein kleiner, rosenfarbener Nagel, am Ende meiner braunen Hand sorgsam gehegt und gepflegt ... Gott, welch ein Lärm! Wenn die Dienstboten hereinkämen, im Glauben, Einbrecher seien am Werk ... Ich lausche, bebend vor Angst. Einbrecher sterben sicher oft an Herzschlag ...

Der helle Eschenholzrahmen springt. Noch ein wenig Mühe ... dann fällt die Lade des hübschen Tischchens zu Boden, aufgeschlitzt, gespalten, von einer Papierlawine gefolgt.

Ich stehe ratlos davor wie ein Kind, das eine Bonbonschachtel umgeworfen hat. Wo beginnen? Nun, es wird nicht mühsam sein: jedes einzelne der zahlreichen, sorgsam verschnürten Päckchen trägt eine Aufschrift: »Bezahlte Rechnungen«, »Wertpapiere«, »Prozeßakten Grundbesitz« (was für ein Grundbesitz?), »Schuldscheine Marthe« (ah?), »Briefe Marthe«, »Briefe Annie« (drei im ganzen), »Briefe Andrée« (was für eine Andrée?), Briefe – Briefe – Briefe. Ah! »Briefe Valent...«

Ich gehe zur Türe, drehe sachte den Schlüssel im Schloß, setze mich auf den Teppich und verteile das ziemlich dicke Bündel vor mir auf dem Boden.

»Mein roter Schatz«, »Mein süßer Weißer« (sie auch!), »Lieber Freund«, »Monsieur«, »Gemeiner Kerl«, »Meine kleine Kaffeekanne aus rotem Kupfer« ... Die Anreden sind abwechslungsreicher als der Inhalt. Dabei ist das Idyll vollkommen ... Man kann es chronologisch verfolgen, angefangen bei dem Rohrpostbrief »Ich war dumm, mich so rasch zu verschenken«, bis zu »Bevor ich Dich hergebe, hol' ich Dich bei Deiner kleinen schwarzen Gans ...«

Jeder einzelne Brief trägt auf der Rückseite oder als Randbemerkung einen Vermerk in Alains steifer, eckiger Schrift: »Erhalten am ... beantwortet am ... mittels Brieftelegramms.«

Oh! Daran hätte ich ihn erkannt ... Mag sie ihn nennen, wie sie will, »roter Schatz, weißes Täubchen, Teekanne ...«, nein, Kaffeekanne, ich weiß nicht mehr ... es bleibt immer derselbe Mann ...

Was tun, mit all den Briefen? Soll ich sie in versiegeltem, von meiner Hand beschriftetem Paket an Alain senden? So verfährt man in Romanen, meines Wissens ... Nein. Er würde glauben, ich sei eifersüchtig, liebe ihn noch. Oh, ich weiß, was ich tue: ich lasse die Papiere liegen, neben dem mißhandelten Schreibtisch, neben dem flachen Lineal und meinen Schlüsselchen ...

Diese Verwüstung verleiht dem seelenlosen Raum eine Note köstlicher Unordnung ... Nehmen wir noch Annies Briefe mit ... So, das ist bald getan. Alains Gesicht, wenn er wiederkommt ...

Ein blaues Kuvert lehnt an meiner Tasse auf dem Frühstückstablett.

Claudines Antwort. Mehr die bayerische Marke denn die runde, fette Schrift läßt mich den Absender erraten. Sie antwortet rasch. Sie hat Mitleid ... Ihre Schrift gleicht ihr, ist sinnlich, lebhaft, gerade, verschlingt sich zu kurzen, anmutigen Schlingen, droht mit dicken, despotischen T ...

»Meine sanfte Annie,

Nun werde ich wohl lange nicht mehr die einzigartigen Augen sehen, die Sie so gern hinter Ihren Wimpern verbergen wie einen Garten hinter schwarzem Gitter. Es will mir scheinen, als seien Sie auf eine weite Reise gegangen ... Und was fällt Ihnen ein, mich um die Route zu fragen? Ich bin weder das Reisebüro Cook noch Paul Bourget. Doch davon später. Hören Sie vor allem die wichtigsten Neuigkeiten: sie sind banal wie eine Zeitungsnotiz.

Am Tage nach Ihrer Abreise vermißte ich das Ehepaar Léon bei Tristan. Daß Ihr Schwager fehlte, wunderte mich weiter nicht. Aber Marthe! Wieso versäumt Marthe die Pausen von ›Tristan‹, die zweitprächtigsten nach denen von ›Parsifal‹? Auf dem Rückweg vom Theater – wie gewöhnlich gingen wir zu Fuß nach Hause, ich am Arm meines Großen – beschließen wir, einen kleinen Umweg zu machen, um nach Marthe zu sehen. O Graus! Das ehrenwerte Etablissement Meider weit geöffnet, vier kleine Mädchen in rosa Schürzen rennen herum wie aufgescheuchte Ratten. Ich erspähe Marthes rotes, kerzengerad zu Berge stehendes Haar: sie schlägt uns die Tür vor der Nase zu. Renaud verhandelt mit einem Dienstmädchen, lauscht ihren gutbayerischen, hin und wieder von ›Jo! Jo?‹ unterbrochenen Ergüssen und führt mich weg, so verblüfft, daß er fast dumm aussah ... Ich übertreibe.

Wissen Sie was, Annie? Léon hatte sich vergiftet wie eine sitzengelassene Modistin und solche Mengen Laudanum getrunken, daß er nun das fürchterlichste Bauchweh hatte ... Sicher glauben Sie jetzt, der Gedanke an Lianes Selbstmord verfolgte sein pariserisches Hirn? Weit gefehlt! Im

Laufe einer heftigen Meinungsverschiedenheit hatte Marthe ihren Mann so oft ›Hahnrei‹ geschimpft (warum, verschweigt die Chronik), mit solcher Überzeugung, daß der Ärmste keinerlei Ursache sah, die ›Ausdehnung seines Unglücks‹, wie es im Reporterstil so schön heißt, zu bezweifeln.

Sofern man in diesem Fall von ›Ausdehnung‹ sprechen kann ... Am nächsten Tag gehe ich rekognoszieren, allein: Marthe empfängt mich, eine Mustergattin, erzählt mir den Hergang des ›fatalen Irrtums‹ und springt zehnmal auf, an das Bett des Kranken zu eilen ...

Maugis war nicht da. Eine wichtige Depesche hatte ihn plötzlich nach Béziers abberufen.

Seltsam, Annie, wie viele Mitglieder der französischen Kolonie in Bayreuth fluchtartig das Weite suchen ... Aber fürchten Sie nichts, ängstliches Kind, dem Selbstmörder geht's gut. Marthe pflegt ihn wie ein Pferd, das zum Großen Rennen genannt ist. Bald wird er in der Lage sein, seine tägliche Arbeit wiederaufzunehmen, in Form von achtzig Zeilen pro Tag, um die versäumte Zeit hereinzubringen. Ihre Schwägerin, Annie, ist eine kluge Frau und weiß, daß die Position einer verheirateten Dame der einer geschiedenen, ja selbst einer erträgnisreichen Witwenschaft bei weitem vorzuziehen ist.

Die Neuigkeiten wüßten Sie jetzt. Also sprechen wir von Ihnen: von Ihnen, schwieriges Geschöpf, das so lange braucht, sich selbst zu erkennen, so leicht bereit ist, zu entfliehen, lautlos, mit schwarzem Hütchen, wie eine Schwalbe, die wärmeren Ländern zufliegt. Sie scheiden. Ihre Flucht – und Ihr Brief – treffen mich wie ein Tadel. Wie sehr vermisse ich Sie, Annie mit dem Rosenduft! Zürnen Sie mir nicht. Ich bin nur ein armes Tier, der Schönheit verfallen, der Schwäche und dem Vertrauen, kann nur schwer verstehen, warum ich einen Mund, der sich mir öffnet wie der

Ihre, eine Seele, die sich der meinen zuneigt wie die Ihre, nicht mit einem Kuß noch mehr verschönen soll. Ich verstehe es nur mit Mühe, sage ich Ihnen, obgleich man es mir erklärte.

Vielleicht erzählte man Ihnen von mir, Annie, von einer Freundin, die ich zu einfach, zu bedingungslos liebte. Oh, sie war schön und verführerisch, diese Rézi, die zwischen mich und Renaud ihre nackte blonde Anmut schob, die sich den Luxus gönnen wollte, uns beide zu betrügen ... Ihretwegen habe ich Renaud – und Claudine – versprochen, zu vergessen, daß es hübsche, schwache, lockende Geschöpfe gibt, die ein Wink meiner Hand knechten und verzaubern könnte ...

Sie scheiden, und ich ahne Ihre Verwirrung.

Möge Ihr Mann noch lange fernbleiben, Annie, das hoffe ich für Sie und für ihn. Sie sind weder klarsichtig noch resigniert genug, ihm schon heute zu begegnen. Daß Sie niemanden lieben, Annie, ist ein Unglück – ein graues, ruhiges Unglück, ein Unglück gewöhnlicher Art. Doch bedenken Sie, daß Sie hoffnungslos lieben könnten, ohne Widerhall, oder lieben und man betröge Sie ... Das ist das einzige Unglück, das Unglück, um dessentwillen man tötet, mordet, vernichtet ... und mit Recht. Sollte ich jemals ... Verzeihen Sie, Annie. Fast hätte ich vergessen, daß es hier um Sie geht, nicht um mich. Eine Liebende vermag ihre Selbstsucht nur schwer zu verbergen.

›Raten Sie mir!‹ flehen Sie. Wie einfach! Wie bequem! Ich fühle, daß Sie zu verschiedenen Dummheiten bereit sind, zu Dummheiten, die Sie sachte begehen werden, mit hartnäckiger Schlaffheit, mit dieser mädchenhaften Anmut, die allen Ihren Bewegungen so viel Unsicherheit und Reiz gibt, geschmeidige Annie.

Natürlich kann ich Ihnen nicht zurufen: ›Man lebt nicht

mit einem Mann, den man nicht liebt – das ist Schweinerei‹ –, obgleich sich diese Behauptung von meiner wahren Meinung kaum unterscheidet ... Aber ich kann Ihnen erzählen, was ich tat:

Mit großem Kummer und kleinem Gepäck kehrte ich einst in meine Heimat zurück. Um zu sterben? Zu gesunden? Ich wußte es selbst nicht. Die göttliche Einsamkeit, die sänftigenden Bäume, die blaue, ratspendende Nacht, der Friede der wilden Tiere – all das brachte mich sachte zur Besinnung, ließ mich einen Plan verwerfen, dessen Verwirklichung ich zeit meines Lebens bereut hätte, führte mich langsam in das Land zurück, aus dem ich kam ... ins Glück.

Versuchen Sie 's, Annie ... Man kann nie wissen.

Adieu. Und schreiben Sie mir nur, wenn die Behandlung wirkt ... Ich wäre zu betrübt, keine andere verschreiben zu können.

Ich küsse, von Kinn bis Stirne, Ihr schmales, schönes Gesicht von der Form – beinahe auch der Farbe – einer reifen Nuß. Aus solcher Ferne verlieren Küsse ihr Gift, und ich darf unseren Traum aus der Markgräfin Garten eine kurze Weile weiterspinnen, ohne Furcht und Reue.

CLAUDINE.«

Claudine hat mich getäuscht. Nein, ich bin nicht ungerecht: sie täuschte sich selbst. Die Landkur ist nicht unbefehlbar. Außerdem genest der Kranke schwer, dem es an Glauben fehlt. Zu Beginn dieses Tagebuchs (Toby! Wenn ich dich noch einmal erwische! Stolzen Ohrs, hervorquellenden Augs schleift er es über den Teppich wie den Leichnam eines Feindes ...), zu Beginn dieses anfang- und endlosen Tagebuchs also, das mir so sehr ähnelt, schüchtern und verdreht, zögernd und aufbegehrend, finde ich die Worte:

»Die Last der Einsamkeit«. O unwissende Annie! Wie leicht wiegt diese Last neben der Kette, die ich vier Jahre unermüdlich trug und für ein Leben wieder aufnehmen müßte. Aber ich will sie nicht aufnehmen. Nicht, daß sich die Freiheit so verlockend darböte. Dagegen spricht mein fieberhaftes Bedürfnis nach Ortsveränderung, meine bittere Empfindsamkeit, die mein Alleinsein allen Einsamkeiten des Himmels, der Felder, der herben grauen Felsen vergleicht, deren frische Wunden blutrot herüberleuchten ... Sein Übel wählen ... Manche sähen darin ihr Glücksideal.

Ja ... Kaum angelangt, will ich wieder wegfahren. Dabei ist Casamène mein eigen ... Doch nein. Zu lange lebte ich hier an der Seite Alains. Überall – in dem romantischen Wäldchen, dem Vorboten des »kleinen Forsts« (ein bescheidenes Unterholz, das seinen übertriebenen Namen mir verdankt), dem düsteren Schuppen, wo rostzerfressenes Werkzeug an Nürnberger Folterkammern gemahnt, in jedem Winkel des altmodischen Besitzes fände ich mühelos die Spuren, die Demütigungen unserer Kinderspiele. Dort, beim Hohlweg, trägt ein Kastanienbaum noch einen Wundengürtel, grausame Erinnerung an einen Eisendraht, den Alain vor zwölf Jahren um seine Rinde schloß. Dort war mein strenger Gefährte Schlangenauge, Häuptling eines Indianerstamms, und ich seine kleine gefügige Squaw, sorglich über das Tannenzapfenfeuer geneigt. Er genoß diesen Zeitvertreib, zeigte sich fast immer grollend und ernst, und seine Grausamkeit gehörte zum Spiel.

Nie liebte Alain Casamène, dessen wenige Hektar Grund mein verspielter Großvater pittoresker denn nötig ausgestaltete: wir besitzen einen Hohlweg (einen natürlich-wilden, versteht sich), zwei Hügelchen, eine Schlucht, eine Grotte, einen Aussichtspunkt, eine lange Allee (von wegen der Perspektive), exotische Sträucher, eine gepflasterte Wagenzufahrt mit raffiniert angelegten Windungen, die dem Besucher den Eindruck vermitteln sollen, auf Großvaters Besitzungen unzählige Meilen zurückzulegen ... All das, wie Alain zu sagen pflegte, »lächerlich im höchsten Maß«. Möglich. Ich sehe darin vor allem Schwermut, herzbewegende Trauer des verlassenen Gartens und – im weißen Licht oktoberlicher Sommersonne – unheimliche Friedhofsfruchtbarkeit.

»Die sänftigenden Bäume ...« O Claudine, ich könnte schluchzen, fühlte ich mich nicht so verstört, so versteinert von der Einsamkeit ... Diese armen Bäume kennen keinen Frieden, noch vermögen sie ihn zu spenden. Schöne knorrige Eiche, Riese mit angeschmiedeten Füßen, wie lange schon streckst du die zitternden Zweige händegleich zum Himmel? Welches Ringen nach Freiheit beugte dich unter den Wind, um dich nachher aufzurichten, in schmerzhaften Stufen? Rund um dich, an den Boden gefesselt, stöhnen und flehen deine unförmigen Zwergenkinder ...

Andere Gefangene, diese Silberbirke zum Beispiel, finden sich in ihr Los. Auch diese schlanke Lärche ... Doch sie schluchzt und schwankt, verborgen in dichtem Borstenhaar, und ihre Klage dringt bis zu mir, durch Sturm und Regenschauer ... O Trauer gequälter, festgezwungener Pflanzen, ist's möglich, daß ihr haltsuchenden, unsicheren Seelen jemals Frieden und Vergessen gewährtet? Nicht hier, Claudine ... in dir allein glühten die Kraft, der Übermut glücklicher Tiere, die Freude, die gleichzeitig sehend und blind macht ...

Es regnet. Jetzt ist alles noch schlimmer. Früh entzünde ich meine Lampe, schließe mich ein, kaum beruhigt von den schweren geschlossenen Fensterflügeln, der lauten Unterhaltung Léonies mit der Köchin Töchterchen. Das Feuer prasselt – man muß schon Feuer machen! –, die Täfelung kracht. Wenn die Flamme schweigt, füllt das Summen der Stille mein Ohr. Eine Ratte trappelt über die Deckenbalken. Toby, mein kleiner schwarzer Wächter – mein einziger! –, hebt dem unnahbaren Feind sein wildes Haupt entgegen ... Bell nicht, Toby, um alles in der Welt! Wenn du bellst, wird die zerschmetterte Stille auf mein Haupt splittern wie der Gipsbewurf eines baufälligen Hauses ...

Ich wage nicht mehr, zu Bett zu gehen, wache vor sterbendem Feuer, bis die Lampe verlöscht, lausche den samtenen Geräuschen der Nacht, dem Atem des Windes, der die Blätter über den Kies treibt, den Schritten unsichtbarer Tiere, berühre, um mir Mut zu machen, die breite Klinge eines Jagdmessers, dessen Kälte mich nur noch mehr erschreckt ...

Welch dumme Angst! Die Möbel sind mir freundlich gesinnt ... Sollten sie mich nicht mehr kennen? Doch. Aber sie wissen, daß ich sie verlassen werde, und versagen mir ihren Schutz. Altes, altmodisches Klavier, wie ermüdete ich dich mit meinen Tonleitern! »Härteren Anschlag, Annie! Härteren Anschlag!« Schon damals ... Dieser Ingenieur mit der Wespentaille ist mein Großvater. Er grub Brunnen auf Berggipfeln, begann eine Trüffelzucht, versuchte, den Meeresgrund zu erleuchten (mit Hilfe brennenden Trans in durchsichtigen, hermetisch abgeschlossenen Behältern!), kurz, er ruinierte Frau und Tochter, leichten Herzens und ohne Reue, vergöttert von den Seinen. Und diese schlanke Taille ... vorausgesetzt, das Porträt trügt nicht ... Jede Frau von heute könnte ihn beneiden. Eine schöne, verträumte Stirn, neugierige Kinderaugen, kleine, weißbehandschuhte Hände ... das ist alles, was ich von ihm weiß.

Über dem Klavier hängt eine schlechte Photographie meines Vaters – ich kannte ihn nur alt und blind –, eines distinguierten Herrn mit weißem Backenbart. Wieso bin ich die Tochter eines solchen ... Dutzendmenschen?

Von meiner Mutter nichts. Kein Bild, kein Brief. Großmutter Lajarrisse weigerte sich hartnäckig, mir von ihr zu erzählen, und empfahl lediglich: »Bete für sie, mein Kind. Bitte Gott um Gnade für die Verschwundenen, die Verbannten, die Toten ...« Als ob es jetzt an der Zeit wäre, meiner Mutter nachzuspüren. Bleibe sie für mich, was sie immer war: ein hübsches, trauriges Wesen, das fortging. Oder sich tötete? Mein Mitleid ist größer als mein Interesse.

Zwei Briefe auf einen Schlag! Grund zu doppelter Unruhe. Nein, Gott sei Dank: der eine ist von Claudine, der andere von Alain. Außerdem fühle ich mich heute morgen – dem Himmel sei's gedankt – stärker, frischer, beruhigt von der Morgenstunde (achtmal quakte die Kuckucksuhr in der Küche ihre zwei Unken-Noten), dem heißen, duftenden Tee in meiner blauen Tasse, Tobys irr-entzücktem Appetit: er jault und springt in die Höhe, meines Zauderns müde. Die Luft ist leicht und beweglich, es ist, als atme sie festliche Abschiedsstimmung ... Ja, Claudine, das ist meine Art, den ländlichen Frieden zu kosten, in Gedanken an die Schellen des Reisewagens ... Schriebe man das Jahr 1830, wäre ich ... eine Kreolin, nicht wahr? Damals waren sie sehr in Mode. Eine unglückliche Ehe, Entführung, ein unbequem-heikles Gewand, geschnürte Seidenschuhe, der Kiesel ungewohnt, eine Postkutsche, von dampfenden Pferden gezogen ... Was noch alles? Die Achse bricht, Überraschungen, schicksalhafte Begegnung ... Die ganze lächerlich-sentimentale Romantik unserer Großmütter.

Das Kuvert mit der französischen Marke enthält nur wenige Zeilen:

»Meine liebe kleine Annie, ich weiß nicht, ob ich Sie erreichen kann. Hoffentlich gelangt dieser Brief in Ihre Hände. Er soll Ihnen nur mitteilen, daß Marthe in Paris Ihre Flucht mit den Worten ›Meine Schwägerin braucht ländliche Ruhe, einer schwierigen Schwangerschaft wegen‹ erklärt. Vielleicht vereinfacht das alles? Im übrigen scheinen Marthe und Léon bei bester Gesundheit – und Eintracht.

Adieu. Ich wollte Sie beruhigen, warnen und ... nach Ihnen fragen, denn ich kann mir nicht helfen, Annie: ich fürchte alles für Sie, alles – mich selbst ausgenommen. Ich sagte zwar: ›Schreiben Sie nur, wenn die Behandlung hilft ...‹ Als ob mich die ›Behandlung‹ interessierte ... Nein, Annie, ich will alles von Ihnen wissen, von Ihnen, auf die ich so wacker verzichtet habe ... Ein Wort, ein Bild, eine Depesche, ein Zeichen ... Lassen Sie das meine Belohnung sein, Annie, ob geheilt, krank oder ›verloren‹, wie es so schön heißt, ob – wie Marthe sagt – doch nein. Nicht das! Bleiben Sie die schmale, schlanke Amphore, die zwei liebende Arme leicht umschließen ... Ihre

CLAUDINE.«

Das ist alles? Jawohl, das ist alles. Selbst Claudines zärtliche Besorgnis vermag mir nicht zu genügen. Wer nichts sein eigen nennt wie ich, erhofft alles von anderen ...

Müdigkeit und Mißstimmung verdüstern diese helle Stunde. Warum mußte man mich an diese Leute, an diese Zeit erinnern? Nochmals überlese ich Claudines Brief. Ihre unzeitige Fürsorglichkeit beschwört verblaßte Bilder herauf, durch deren Nebelschleier ich das viereckige, mit Alains steifer, eckiger Schrift bedeckte Kuvert betrachte, ohne es zu sehen ... Dakar ... Dakar ... Wo las ich diesen Namen schon, schwarz in kleinem Kreis? Warum Dakar? Das letztemal schrieb er aus Buenos Aires ...

Plötzlich kommt mir die Erleuchtung, und ich schreie auf. Dakar! Er ist auf der Heimreise, kommt zurück, nähert sich mit jedem Augenblick ... Morgen schon kann er hier sein ... Das also barg die Ruhe dieses Morgens! Meine ungeschickten Hände zerreißen Kuvert und Brief, die klare Schrift zittert vor meinen Augen ... Ich entziffere mit Mühe: »Meine liebste Annie ... endlich ... Heimkehr ... unsere Freunde X getroffen, die sich auf Vergnügungsreise befinden ... halten mich zurück ... noch zehn Tage ... Haus in Ordnung vorfinden ... Annie glücklich ...«

Zehn Tage! Zehn Tage! Das Schicksal gönnt mir nicht mehr Zeit zur Überlegung. Das ist nicht viel. Es wird genügen.

»Léonie!«

»Madame?«

Sie hält drei neugeborene Kätzchen in der Schürze und entschuldigt sich lachend:

»Ich geh sie nämlich ertränken.«

»Dann beeilen Sie sich. Koffer und Necessaire müssen für den Fünf-Uhr-Zug gepackt sein. Wir fahren nach Paris.«

»Schon wieder!«

»Irgendwelche Einwände? Ich möchte Ihnen keine Minute länger einen Dienst aufzwingen, der Ihren Wünschen zuwiderläuft.«

»Das habe ich nicht gesagt, Madame ...«

»Beeilen Sie sich. Monsieur kündigt mir seine Rückkehr an.«

Sie geht in den ersten Stock, und ich höre, wie sich ihre Wut über Laden und Kasten entlädt ...

So viele Schachteln! So viele Pakete! In der Luft schwebt eine Mischung der verschiedensten Gerüche: neues Leder verströmt seinen Duft, schwarzes Teerpapier, rauhe, noch nie getragene Wolle, ja selbst Asphalt macht sich bemerkbar, habe ich doch einen wasserdichten Mantel gekauft. Oh, ich wußte die Zeit seit meiner überstürzten Rückkehr wohl zu nützen. Schneider, Schuster und Hutmacher sahen nur mich ...

Ich bin ein wenig schwindlig und setze mich nieder, meine Schätze zu bewundern. O schöne große Schnürschuhe, flach und spitz zulaufend wie Boote, wie niedrig steht ihr auf euren englischen Absätzen! Auf diesen kleinen gelben Schiffen kann man sicher stundenlang gehen, ohne zu ermüden. Zumindest nehme ich es an. Meinem Gatten zu Willen trug ich stets die »feminineren« Absätze Louis XV. Da er sie vorzog, will ich sie nicht mehr. Auch dieses rostrote Wollkostüm, dieser Eichhörnchenpelz, dessen Rock sich so einfach, so ungekünstelt verengt, mißfiele ihm. Mir gefällt's. Seine Einfachheit läßt mich noch schlanker erscheinen, sein falbes Braun macht meine Augen noch blauer, erhellt sie bis ins Unnatürliche ... Und diese abgesteppten Männerhandschuhe, dieser gerade, mit kühner Adlerfeder besteckte Filzhut ... So viel Neuheit, so viel Auflehnung berauschen mich, ebenso wie die Kühnheit dieses Hotelzimmers ... Das elegante Hotel befindet sich zwei Schritte von daheim. Man soll nicht sagen, ich verstecke mich.

Unter völligem Verzicht auf Glaubwürdigkeit sagte ich zu Léonie: »Das Haus bedarf dringender Reparaturen. Monsieur zieht zu mir ins Imperial-Voyage.« Seither erscheint sie jeden Morgen, meine Befehle entgegenzunehmen und zu klagen:

»Was sagen Madame! Der Architekt ist noch immer nicht gekommen wegen die Reparaturen, wo Madame geschrieben hat.«

»Nicht möglich, Léonie! Vielleicht schickte Monsieur besondere Instruktionen?«

Und ich entlasse sie, mit solch wohlwollendem Lächeln, daß sie nicht mehr weiß, was sie denken soll, und sich verschüchtert zurückzieht.

Müde warte ich auf meinen Tee und liebkose mit Blicken – anzufassen wage ich es noch nicht – das schönste Stück meiner neuen Spielsachen: einen kleinen schwarzen Revolver. Ich kaufte ihn heute nachmittag. Oh, er ist niedlich, niedlich, ähnelt Toby – weg von dieser Schachtel, Toby! Du wirst dir weh tun! –, hat zwei Sicherungen, sechs Schuß, einen Abzug, eine Menge Dinge. Ich kaufte ihn bei Alains Waffenhändler, der mir den Mechanismus sorgfältig erklärte und mich dabei mit verstohlenem Bedauern betrachtete, als dächte er: »Schon wieder eine! Wie schade! Und noch so jung! Aber schließlich muß ich meinen Kram losschlagen ...«

Ich fühle mich wohl, genieße eine Ruhe, die ich seit langem entbehrte. Dieser kleine gelbe Salon samt Schlafzimmer Louis XV. ist mit sicherem Geschmack möbliert. Hier gibt's keine schmutzigen Teppiche, keine Polsterungen, deren Ekken mein stets waches Mißtrauen erregen könnten. Das Licht spielt über glatte Möbel, über matte Täfelungen von gedämpftem Grau. Ein kleines Haustelefon stört diskret den Frieden gepflegter Häuslichkeit.

Im Empfangsraum thront ein alter Herr in einem Samtjackett. Wenn ich ausgehe, lächelt er mir zu wie seiner Tochter ...

Des Nachts schlafe ich stundenlang auf den guten, harten viereckigen Matratzen.

Ich träume vor mich hin, stelle mir vor, daß ich eine ältliche Engländerin sei, friedlich und vertrocknet, die sich in dieser vornehmen Familienpension eingemietet hätte.

Es klopft.

»Herein!«

Es klopft von neuem.

»Herein, hab' ich gesagt!«

Das hübsche, zierliche Stubenmädchen steckt sein Mausgesicht herein.

»Der Tee, Marie?«

»Ja – und Besuch für Madame.«

»Besuch?«

Ich springe auf, in jeder Hand einen gelben Schuh. Das Mäuschen gerät in Verwirrung: »Ja, Madame. Eine Dame.«

Ich zittere, es saust in meinen Ohren.

»Sind Sie sicher, daß es ... eine Dame ist?«

Marie bricht in Gelächter aus wie eine Lustspielsoubrette. Ich hab's verdient.

»Haben Sie gesagt, ich sei da? Ich lasse bitten.«

Ich stütze mich auf den Tisch und warte. Tausend Dummheiten wirbeln durch meinen Kopf ... Diese Dame ist Marthe, und Alain folgt ihr auf dem Fuß ... Sie holen mich zurück ... Ich starre auf mein schwarzes Spielzeug, verstörten Blicks ...

Schritte auf dem Teppich ... Oh, mein Gott! Claudine! Wie ich mich freue!

Mit einem Schrei der Erlösung werfe ich mich an ihren Hals. Sie tritt erstaunt zurück.

»Annie ... Wen erwarten Sie?«

Ich drücke ihre Hände, ziehe ihren Arm unter den meinen, dränge sie zum vergoldeten Rohrkanapee, mit fahrigen Gesten, die sie sachte zurückschiebt. Sie scheint beunruhigt.

»Wen ich erwarte? Niemanden! Oh, ich bin so glücklich, so glücklich, daß Sie es sind!«

Ein plötzlicher Verdacht trübt meine Freude:

»Man hat Sie nicht etwa geschickt, Claudine? Sie kommen nicht von ...«

Claudine hebt die schön gezeichneten Brauen, um sie gleich darauf ärgerlich zu runzeln.

»Aber, Annie ... Wir reden ja, als spielten wir ein Gesellschaftsstück ... vor allem Sie! Was ist los? Was fürchten Sie?«

»Seien Sie nicht böse, Claudine. Es ist alles so kompliziert!«

»Meinen Sie? Meistens ist alles so einfach.«

Ich widerspreche nicht. Sie ist hübsch wie immer, auf ihre Weise, geheimnisvoll unter ihrem schwarzen, mit weißen und blauen Disteln besteckten Hut. Es ist, als bestehe ihr Gesicht nur aus Augen, Locken und spitzem, ironischem Kinn ...

»Ich will Ihnen alles sagen, Claudine ... Aber vor allem: woher wußten Sie, daß ich hier bin?«

Sie hebt den Finger: »Psst! Wieder einmal heißt es dem Zufall danken, Annie, dem Zufall mit großem Z, der mir dient, sofern ich ihm nicht gehorche ... Er führte mich in das Kaufhaus ›Louvre‹, einen seiner Tempel, dann unter die Arkaden des ›Théâtre-Français‹ in die Nähe eines bekannten Waffenhändlers, wo eine schlanke Kleine mit brennendblauen Augen –«

»Ah! Deshalb, also ...«

Auch sie hatte Angst ... Auch sie glaubte ... Das ist lieb von ihr, lieb, aber ein wenig naiv. Ich lächle in mich hinein.

»Wie ... Sie glaubten wirklich? Nein, nein, Claudine, fürchten Sie nichts ... So etwas tut man nicht so mir nichts, dir nichts, für ein Ja, für ein Nein –«

»Sie irren. Gerade für ein Ja, für ein Nein ...«

Sie spöttelt, doch mein Herz will vor Dankbarkeit überfließen, nicht um ihrer Befürchtung willen, die mich ein wenig romanhaft dünkt, sondern weil ich in ihr, in ihr allein Mitleid, Anständigkeit und Zärtlichkeit, ja, einen Augenblick sogar Feuer fand ... alles, was das Leben mir versagte.

Sie spricht mit Härte, doch ihr Blick ist sanft. Unter dem Spott klingt die Besorgnis durch. Er weiß nicht recht, was er mir verschreiben soll, dieser unwissende kleine Arzt, dessen Intelligenz den Aberglauben streift, dessen Pfuscherei etwas Seherisches anhaftet ...

All das fühle ich, werde mich jedoch hüten, es auszusprechen. Es ist zu spät, meine Gewohnheiten zu ändern.

»Häßlich haben Sie's hier gerade nicht«, stellt Claudine fest, mit einem Blick in die Runde. »Dieser Salon ist gar nicht übel ...«

»Nicht wahr! Auch das Schlafzimmer ... Schauen Sie! Gar nicht wie ein Hotel.«

»Nein, wirklich nicht. Eher wie ein hübsches ... verzeihen Sie mir den Ausdruck, Annie ... Liebesnest, ein vornehmes Stundenhotel ...«

»Ah? Ich weiß nicht.«

»Ich auch nicht, Annie«, erwidert sie lachend. »Aber man hat mir welche beschrieben.«

Claudines Enthüllung stimmt mich nachdenklich.

Ein Liebesnest – welch ironischer Zufall für eine Frau, die niemanden erwartet!

»Tee, Claudine?«

»Pfui Teufel, ist der stark! Geben Sie mir wenigstens viel Zucker ... Ah, da ist Toby! Toby, mein schöner, schwarzer Engel, vierschrötige Kröte, Denkerstirn, Wurst auf vier Pfoten, sentimentales Mördergesicht, mein Liebling, mein alles!«

Nun ist sie wieder die alte Claudine, kauert auf dem Teppich – ohne Hut (er ist heruntergefallen) – und küßt den kleinen Hund, was das Zeug hält. Toby, der sonst alle Leute mit festen, ungleichmäßigen Zähnen bedroht, läßt sich von ihr herumdrehen wie ein Ball ...

»Fanchette ist wohlauf?«

»Danke, ja. Sie hat schon wieder drei Kinder gehabt, was sagen Sie! Macht heuer neun, alles in allem ... Nebenbei bemerkt, sind sie alle mißraten, grau, schlecht gemustert, zu licht oder zu dunkel. Aber was soll man machen! Es tut ihr gut!«

Sie hält ihre Teetasse mit beiden Händen wie ein kleines Mädchen. Ebenso hielt sie im Garten der Markgräfin mein schwindelndes Haupt, eine Minute, eine einzige Minute nur ...

»Claudine ...«

»Was?«

Ich bezwinge mich.

»Nichts.«

»Was, nichts?«

»Nichts, noch einmal. An Ihnen, mich auszufragen.«

Ihre Augen, eben noch die eines mutwilligen Gymnasiasten, blicken dunkel und durchbohrend: »Ich darf? Ohne Einschränkungen? Also gut: Ist Ihr Mann zurückgekommen?«

Ich sitze neben ihr, mit gekreuzten Händen, den Blick gesenkt wie im Beichtstuhl:

»Nein.«

»Kommt er bald?«

»In vier Tagen.«

»Was haben Sie beschlossen?«

»Nichts! Nichts!« gestehe ich ganz leise.

»Was soll denn dieser Wirrwarr?« Sie weist mit dem Kinn auf den Koffer, die Kleider, das Schachteldurcheinander. Ich gerate in Verwirrung.

»Kleinigkeiten für den Herbst.«

Sie mustert mich argwöhnisch. Ich kann nicht mehr. Mag sie mich tadeln – aber eine unwürdige Eskapade, eine lächerliche Entführung vermuten – nein, das soll sie nicht. Und ich beginne zu sprechen, schnell, schnell, stammle unzusammenhängend:

»Marthe hat mir gesagt – in Bayreuth –, daß Alain und Valentine Chessenet –«

»Das sieht ihr ähnlich!«

»Also bin ich nach Paris gefahren, habe ... habe Alains Schreibtisch demoliert und die Briefe gefunden ...«

»Ausgezeichnet!« Claudines Augen funkeln, sie dreht ihr Taschentuch zu einem Strick. Ich breche los, kühn geworden:

»Und dann habe ich alles liegen lassen, die Papiere, die Schlüssel, alles, alles ... Er wird sie finden, wird wissen, daß ich es war ... Nur ... ich will nicht mehr ... Verstehen Sie? Ich liebe ihn nicht genug, um bei ihm zu bleiben, ich will fort, fort, fort ...«

Ich ersticke fast vor Tränen und hastigem Sprechen, hebe den Kopf, um Luft zu holen. Claudine küßt zart meine beiden Hände und fragt sehr sanft:

»Dann ... wollen Sie also die Scheidung?«

Ich starre sie an und frage verdutzt:

»Scheidung? Warum?«

»Warum?! Sie sind unglaublich! So denken Sie doch nach: wenn Sie nicht mehr mit ihm zusammenleben wollen?!«

»Das nicht. Aber muß man sich deshalb scheiden lassen?«

»Gott, es ist das sicherste Mittel ... wenn auch nicht unbedingt das rascheste ... Was für ein Kind!«

Mit ist nicht nach Lachen zumute. Und schon gerate ich wieder außer Fassung:

»Aber verstehen Sie doch! Ich will ihn nicht wiedersehen! Ich habe Angst!«

»Das ist tapfer gesagt. Angst wovor?«

»Vor ihm ... Daß er mich zurückholt, mit mir spricht, ich habe Angst, ihn zu sehen ... Er wird vielleicht sehr böse sein ...«

Ich schauere zusammen.

»Armes Kleines!« murmelt Claudine ganz leise, abgewandten Blicks. Sie scheint heftig nachzudenken.

»Was raten Sie mir, Claudine?«

»Ich weiß nicht. Das ist sehr schwierig. Wir müßten Renaud fragen.«

»Nein!« rufe ich entsetzt. »Niemanden! Niemanden!«

»Sie sind sehr unvernünftig, Kleines! Lassen Sie mich nachdenken. Haben Sie die Briefe der Dame?« fragt sie plötzlich.

»Nein«, gestehe ich, ein wenig verwirrt. »Wozu hätte ich sie nehmen sollen? Sie gehören doch nicht mir!«

»Ein schöner Grund!« (Claudine zuckt die Achseln, verachtungsvoll.) »Mir fällt nichts ein. Haben Sie Geld?«

»Ja ... Fast 8000 Francs. Alain hat mir sehr viel dagelassen.«

»Das meine ich nicht ... Geld, das Ihnen gehört, natürlich! Ein eigenes Vermögen!«

»Ich habe 300 000 Francs Mitgift und 50 000 Francs flüssig, die mir Großmutter Lajarrisse vor drei Jahren hinterließ.«

»Gut, gut. Sie werden nicht sterben. Macht es Ihnen etwas aus, falls die Ehe aus Ihrem Verschulden geschieden wird?«

Ich antworte mit einer hochmütigen Gebärde.

»Mir auch nicht«, lautet Claudines eigentümliche Antwort. »Ja, dann, mein liebes Kleines ... fahren Sie doch!«

Ich rühre mich nicht, spreche kein Wort.

»Mein Rezept entlockt Ihnen keine Entzückensschreie?

Das kann ich verstehen, Annie. Aber meine Weisheit ist erschöpft.«

Ich blicke zu ihr empor – meine Augen schwimmen in neuerlichen Tränen –, zeige schweigend auf den Koffer, die Reisekleider, die hohen Schuhe, den Regenmantel, die ganze kindische Globetrotter-Ausrüstung, die ich in den letzten Tagen erstand. Sie lächelt. Vor ihre schönen, zwingenden Augen scheint sich ein Schleier zu senken.

»Ich sehe, ich sehe, sah's auf den ersten Blick. Wohin fahren Sie, Annie, die ich verlieren muß?«

»Ich weiß nicht.«

»Ist das auch wahr?«

»Ich schwöre es Ihnen!«

»Adieu, Annie.«

»Adieu ... Claudine.«

Ich flehe, dicht an sie gedrängt:

»Sagen Sie mir noch ...«

»Was, Liebste?«

»Daß Alain mir nicht weh tun kann, wenn er mich einholt ...«

»Er wird Sie nicht einholen. Wenigstens nicht sofort. Vorher haben Sie mit einer Menge unangenehmer Leute zu tun, werden eine Menge Papiere lesen müssen ... Dann kommt die Scheidung, alle Schuld auf Annie, und die Freiheit ...«

»Die Freiheit« – ich spreche fast unhörbar, wie sie –, »die Freiheit, Claudine – wiegt sie sehr schwer? Ist sie schwer zu handhaben? Oder wird das Gefühl des offenen Käfigs, der ganzen Welt, die mir gehört, ein herrliches sein?«

Sie schüttelt den lockigen Kopf und erwidert sehr leise:

»Nein, Annie. Nicht so bald. Niemals, vielleicht. Sie werden lange die Spur der Kette tragen. Vielleicht sind Sie auch eine der Schwachen, der von Anbeginn Gebeugten ... Aber es gibt Schlimmeres. Ich fürchte –«

»Was?«

Sie schenkt mir einen vollen Blick, und ich sehe Claudines Tränen, kleine hängende Tropfen, sehe ihre Augen in ihrer ganzen Schönheit, die Goldaugen, die mir ihr Licht entzogen ...

»Ich fürchte die Begegnung. Denn Sie werden ihm begegnen, dem Mann, der Ihren Weg noch nicht kreuzte. Doch, doch«, erwidert sie meine Gebärde wilder Auflehnung, »irgendwo erwartet er Sie. Das ist gerecht und unvermeidlich. Mögen Sie ihn zu erkennen wissen, Annie, meine liebe Annie ... Mögen Sie nicht irren ... Er hat Doppelgänger, vielfältige Schatten, Karikaturen ... Zwischen ihm und Ihnen sind alle jene, die Sie überwinden oder beiseite schieben müssen ...«

»Claudine ... und wenn ich alt werde, ohne ihm zu begegnen?«

Sie hebt ihren schlanken Arm in einer Gebärde, die sie über sich selbst hinauswachsen läßt:

»Fahren Sie dennoch! Er erwartet Sie jenseits des Lebens!«

Ich schweige, voll Ehrfurcht vor solch bedingungslosem Glauben an die Liebe, ein wenig stolz, die einzige – fast die einzige – zu sein, die Claudine kennt, wie sie in Wahrheit ist: wild und verklärt wie eine junge Druidin.

Wie damals in Bayreuth bin ich auch jetzt bereit, ihr zu gehorchen, im guten wie im bösen. Ihre Augen sind voll auf mich gerichtet. Wie gern, o wie gern fände ich darin das Leuchten wieder, das mich im Garten der Markgräfin blendete ...

»Ja, Annie, warten Sie. Vielleicht gibt es keinen Mann, der ... all das verdiente ...«

Ihre Hand streicht liebkosend über meine Schulter, leicht, fast unfühlbar. Ich neige mich ihr zu; sie liest auf meinem Antlitz meine Verwirrung, die Hingabe meiner selbst, die Worte, die mir auf der Zunge schweben, verschließt mir den Mund mit ihrer warmen Hand, drückt sie an die Lippen, küßt sie.

»Adieu, Annie.«

»Claudine – einen Augenblick. Nur einen Augenblick! Ich möchte ... Ich möchte, daß Sie mich von ferne lieben, Sie, die mich hätte lieben können, Sie, die Sie bleiben ...«

»Ich bleibe nicht, Annie. Ich bin schon fort. Fühlen Sie es nicht? Ich habe alles verlassen ... außer Renaud, für Renaud. Die Freunde trügen, die Bücher täuschen. Paris wird Claudine nicht wiedersehen ... Sie wird mit ihrem Freund altern, umgeben von den Ihren – den Bäumen. Er wird rascher altern als ich. Doch die Einsamkeit macht Wunder leicht, und wer weiß, vielleicht kann ich ein wenig meines Lebens geben, das seine zu verlängern ...«

Sie öffnet die Türe. Ich verliere meine einzige Freundin ... Welche Bewegung, welches Wort hielten sie zurück? Sollte ich nicht ...?

Doch schon deckt die weiße Türe ihre dunkle Schlankheit, schon höre ich auf dem Teppich den leichten Schritt, der mir vor kurzem ihr Kommen ankündigte ... Claudine geht.

Eben las ich Alains Telegramm. In sechsunddreißig Stunden ist er hier, und ich ... besteige heute abend den Expreß Paris-Karlsbad, denselben, der uns einst nach Bayreuth entführte. Von dort – weiß ich noch nicht. Alain spricht nicht Deutsch – ein zusätzliches kleines Hindernis.

Seit gestern überlegte ich so viel, daß mein Kopf ganz müde ist. Meine Kammerfrau wird sich nicht weniger wundern als mein Gatte. Oh, ich nehme sie nicht mit! Nur meine beiden schwarzen Freunde: Toby, den Hund, Toby, den Revolver. Bin ich nicht eine wohlbehütete Frau? Ich scheide entschlossen, ohne meine Spur zu verbergen, ohne sie mit Steinchen zu bestreuen ... Von kopfloser Flucht, überstürztem Entkommen kann keine Rede sein; vier Monate lang zerfaserte das Band langsam, fast unmerklich, bis es endlich riß. Wessen bedurfte es? Nichts als der Abwesenheit des zerstreuten Wärters: das Gefängnis erschien in seinem ganzen Schrecken, durch die Ritzen der Türe schimmerte Licht ...

Vor mir liegt nebelhafte Zukunft. Oh, ich will nichts wissen! Das Morgen bleibe unbekannt, warne mich nicht durch Vorahnungen. Claudine sagte schon zuviel. Ich will hoffen und fürchten, daß es Länder gebe, wo alles neu ist, Städte, deren bloßer Name zu fesseln vermag, Himmel, in deren Licht sich Körper und Seele erneuern ... Sollte ein armseliges Geschöpf wie ich auf Erden kein Pseudo-Paradies finden können?

Aufrecht, rotgekleidet, stehe ich vor dem Spiegel, meinem Bild adieu zu sagen. Adieu, Annie. Du bist schwach und schwankend, aber ich liebe dich. Ich habe ja nur dich ... Wie gern liebte ich jemand andern ...

Ich ergebe mich allem, was kommen mag. Mit trüber, flüchtiger Ahnung sehe ich diesen Neubeginn meines Lebens. Ich werde die Unbekannte sein, die eine Woche lang das Interesse des Speisesaals wachhält, der Gegenstand der plötzlichen Liebe des Gymnasiasten auf Ferien, des Gichtigen auf Kuraufenthalt ... Die einsam Essende, deren Blässe verleumderische Zungen dramatisch deuten ... Die Dame in Schwarz, die Dame in Blau, deren abweisende Schwermut den Landsmann zurückstößt und verletzt ...

Auch die werde ich sein, die ein Mann bedrängt, weil sie hübsch und allein ist oder weil sie runde, schimmernde Perlen trägt ... Die, deren blutenden, beschimpften Leichnam man eines Morgens in einem Hotelbett findet ... Nein,

Claudine, ich zittere nicht. Das alles ist Leben, verrinnende Zeit – das Wunder, das ich an jeder Wegbiegung erwarte, dem meine ganze Hoffnung gilt.

Eine große Liebe in Zeiten des Krieges, zwischen Loyalität und Verrat

Polen, 1791: Die junge Gräfin Anna Maria Berezowska verliebt sich unsterblich in den schönen Jan Stelnicki, Anhänger von Tadeusz Kosciusko, der für ein demokratisches Polen kämpft. Doch eine Intrige ihrer Cousine Zofia scheint ihre Liebe zu zerstören und Anna gerät in den Strudel der politischen Wirren. Wird sie Jan jemals wiedersehen?

Fesselnd und leidenschaftlich wie *Vom Winde verweht* und *Doktor Schiwago*: Ein großes Epos der Gefühle.

James C. Martin

Fluten des Schicksals

Roman

Deutsche Erstausgabe

ULLSTEIN TASCHENBUCH

UB136